Herr Konrad K.

Wolfgang H.O. Fabian

Herr Konrad K.
macht nicht nur in Versicherungen

Verkaufstraining,
Mutationen, Weltuntergang
und die Liebesdamen auf St. Pauli

Humor – Satire Band 1

CIP-Kurztitelaufnahme der Deutschen Bibliothek
Fabian, Wolfgang H.O.:
Herr Konrad K. macht nicht nur in Versicherungen
Norderstedt: Verlag Books on Demand GmbH
ISBN 9783743176379

© 2017 Wolfgang H.O. Fabian

Herstellung und Verlag: BoD-Books on Demand, Norderstedt
Printed in Germany
ISBN: 9783743176379

Das Werk, einschließlich seiner Teile, ist urheberrechtlich geschützt. Jede Verwertung ist ohne Zustimmung des Verlages und des Autors unzulässig. Dies gilt insbesondere für die elektronische oder sonstige Vervielfältigung, Übersetzung, Verbreitung und öffentliche Zugänglichmachung.

Foto: Mallorca Magazin

Wolfgang Fabian wurde am 19.11.1937 in Alfeld/Leine, Nds., geboren.
Nach handwerklichen Lehr- und Facharbeiterjahren arbeitete er (zweiter Bildungsweg) als Versicherungsfachwirt und leitender Angestellter in verschiedenen Dienstleistungsbereichen.
Literarische Betätigung war für ihn ausgleichendes Engagement. Er hospitierte zwei Mal bei Walter Kempowski, erhielt den Literaturpreis 1987 des damaligen Deutschen Autoren-Verbandes (DAV), wurde vom Kulturamt Hannover bei den jährlichen hannoverschen Literaturwochen als Moderator eingesetzt sowie vom DAV gelegentlich als Dozent (Arten der Literatur).
Der Autor befasst sich hauptsächlich mit dem realen Dasein der Menschen, betrachtet es aber auch sehr gerne satirisch.
Fabian und seine Frau (drei erwachsene Kinder) wohnen seit 2003 in Bad Segeberg, davor lebten sie in Hannover und auf Mallorca.

Vorwort

Nichts sollte ernster genommen werden als der Humor. Er weckt das Lachen, das Lächeln, und wenn auch heute nur noch manche Dichter glauben, dass das Lachen trotz Krieg und Not der Grundakkord des Lebens auf dieser Welt ist, so lehrt die Erfahrung doch jedermann, dass Humor dunkelste Stunden verklären vermag.

Er gesellt sich uns in mannigfacher Gestalt zu: Manche Humoristen spekulieren mit der Lust des Menschen an dem Unglück des anderen, mit der Schadenfreude. Altmeister Busch kann ihnen, wenn man seine Werke oberflächlich betrachtet, zugerechnet werden. Das Lachen freilich, das diesem Humor antwortet, hat einen schrillen Klang; ihm fehlt ein erlöstes Aufatmen. Das hat auch Busch gewusst: darum wird Meister Böck, das von Nässe triefende, von Kälte geschüttelte Opfer von Max und Moritz, nicht aus dem Blickfeld des Lesers entlassen, ohne dass dieser beruhigt wird: „ ... denn ein heißes Bügeleisen auf den kalten Leib gebracht, hat es wieder gut gemacht."

Andere wiederum nutzen den Humor oder das, was sie dafür halten, nicht in erster Linie, um Menschen zum Lachen zu bringen. Sie haben andere Ziele im Auge. Sie wollen die Schwächen und Fehler Einzelner oder der Gesellschaft verdeutlichen, indem sie sie dem Gelächter preisgeben. In der politischen Auseinandersetzung wird der Humor gleichermaßen zur tückischen Waffe, einen Andersdenkenden zu verletzen, ja tödlich zu treffen. Diesem Humor fehlt Entscheidendes: er vermag nicht zu befreien, aus der Verkrampfung schwerer, düsterer Gedanken herauszuführen.

Ein anderer, wunderbarer Humor weiß davon, wie eng Lust und Leid verschwistert sind. Es ist der Humor der großen Clowns, der in der Einsamkeit geweinte Tränen in schimmernde Perlen verwandelt, in die Kostbarkeit der Worte und Gebärden, die Freude in die Herzen zu zaubern versteht.

Und an einen besonderen Humor muss noch erinnert werden, an den Humor des Erzählers, der den von ihm geschaffenen Gestalten ein wenig seiner eigenen Liebe zum Leben schenkt, sie in all ihrer menschlichen Begrenztheit so zeichnet, dass der Leser, wenn er die letzte Seite gewendet hat, sich im Fauteuil zurücklehnen kann und diesen Geschöpfen der Fantasie ein frohgemutes Lächeln nachsendet.

Dieser Humor würzt und wärmt die satirisch durchsetzte Geschichte in dieser Veröffentlichung. Meine besten Wünsche geleiten ihn auf dem Weg zum Leser.

Dr. Hansgeorg Loebel

Für Fritz Schlabe

Zunächst eine etwas ausführlichere Einführung für eine verständlichere Inhaltsaufnahme

Sehr geehrte Leserinnen und Leser,

Direktverkäufer im Außendienst sind Leute, die anscheinend über ein gewisses Kontakt- und Verkaufstalent verfügen. Mithin trifft diese Eigenschaft auch auf Versicherungsvertreter zu. Selbst den so genannten Spätzündern gerät diese Eigenschaft irgendwann ins Bewusstsein, was folgerichtig auch den landauf und landab geläufigen Ausspruch erklärt: Wer nichts wird, der wird Wirt; ist ihm auch dieses nicht gelungen, dann macht er in Versicherungen. Der nun plötzlich erleuchtete Mensch wird nicht zögern, sich umgehend seiner vermeintlichen Bestimmung zuzuwenden, wobei sein inneres Licht von seiner Einbildung zusätzlich erhellt wird, über einen ansprechenden, Vertrauen erweckenden Gesichtsausdruck zu verfügen. Doch kann dies, nach allzu flüchtigem oder zu langem Blick in den Spiegel, leicht zu einer Überschätzung führen.

Wir wollen einen von seinem Verkaufstalent überzeugten jungen Berufseinsteiger, der entschlossen ist, mit dem Policenverkauf sein tägliches ~~Bier~~ Brot zu verdienen, ein gutes Stück auf seinem Weg begleiten. Zwar sollte es sich in der folgenden Geschichte ursprünglich nur um seine beruflichen Belange und deren Auswirkungen drehen, wir kamen aber am Ende reiflicher Überlegungen überein, dass private, nebenher gehende Aktivitäten und ~~Erschütterungen~~ Begebenheiten nicht außer Acht bleiben sollen.

Bei der Ware, mit der unser erwartungsfroher junger Mann das Volk zu beglücken gedenkt, handelt es sich um eine unsichtbare. Natürlich ist die einzelne Police sichtbar, die Ware hingegen, die sie dokumentiert, nämlich finanzielle Absicherung, schwebt dagegen unsichtbar im Raum. Da stellt sich doch gleich die Frage, ob es ein Vertreter beispielsweise für Wespenstich-Gegengifte oder Verhütungsmittel für Feldhamster und chinesische Springmäuse nicht erheblich leichter hat, weil er seinen potentiellen Kunden Sicht- und Greifbares vor Augen führen kann? Das ist gewiss nicht von der Hand zu weisen. Zudem ist der Kauf einer nicht greifbaren Ware oft keine schnell abgeschlossene Angelegenheit, sondern eine Einlassung auf viele Jahre. Aber: Um auch eine unsichtbare Ware ohne große Probleme verkaufen zu können, stehen dem Vertreter gediegene Hilfsmittel zur Verfügung, resultierend aus einzigartig durchdachten, vervollkommneten und festgeschriebenen Konzeptionen. Um welche Hilfsmittel es sich handelt? Nun, ein auf seinen untadeligen Ruf bedachtes Unternehmen in Verkaufs- und Dienstleistungsbereichen rüstet seine angehenden Verkäufer oder Dienstleistenden nicht mal eben mit Prämienlisten und Antragsformularen aus, weist sie in die Materie kurz ein und erklärt ihnen abschließend die Lage der Toiletten im Direktionsgebäude und in welchem Zustand sie diese zu verlassen haben und hetzt sie zu guter Letzt – mit der Empfehlung, sich zum Wochenende ja nicht ohne einen rechtsgültigen Antrag wieder blicken zu lassen – auf die Menschheit los. Nein, natürlich nicht! Zunächst vermitteln seriöse Unternehmen mit großem Engagement den Neulingen das notwendige fachliche Wissen, worauf mit ähnlich großem Einsatz ein verkaufspsychologisch gestaltetes Seminar folgt. In diesem Seminar wird das hohe Lied der Verkaufskunst geübt. Sie, meine sehr verehrten Damen und Herren, ahnen es sicherlich: Im Verlauf eines derartigen Seminars wird die zu verkaufende Sache, also jene, die unseren Augen verborgen ist, erst dann bedeutungsvoll, wenn sie mit dem Auftreten des Verkäufers gewissermaßen zusammenfließt und eine Einheit bilden soll, ja muss: Zum einen ist treffsicheres Anbieten des unsichtbaren Produkts gefragt, zum andern muss dies gesteuert werden von einer für den Kunden völlig unbemerkten, vom Vertreter allerdings rücksichtslos angewandten Verkaufs~~list~~kunst.

Erstes Kriterium ist also das Vertrautmachen mit dem Produkt: wofür, weshalb, warum. Doch dieses Kriterium lassen wir außen vor und befassen uns vornehmlich mit der Kunst des Verkaufens. Ihnen als Lesende kommt dies entgegen, damit Sie das Verhalten unseres Protagonisten in den folgenden Kapiteln beurteilen und vielleicht auch diskutieren wollen. Allerdings können Sie ab etwa dem zweiten Drittel dieses Kapitels durchaus alles Folgende mit großer Gleichgültigkeit in sich aufnehmen und sich sagen: Was geht das mich an! Oder Sie schlagen das Buch ganz einfach zu und ~~verbrennen~~ lesen es am nächsten Tag.

Verkaufskunst. Bekannt sind die Seminare auch unter der unverdächtig sportlichen Bezeichnung Verkaufstraining – zutreffend und deutlich hervorhebend nicht nur in der Versicherungswirtschaft. Dem zukünftigen Verkäufer und somit auch Repräsentanten seines neuen Arbeitgebers wird intensiv nahegebracht und in Rollenspielen mühsam antrainiert, wie er mit Hilfe bestimmter ausbaldowerter psychologischer Methoden das Vertrauen eines ins Visier Geratenen ~~erschleicht~~ gewinnt, ihn neugierig macht, was unausweichlich auf ihn zukommen soll. Um es auf den Punkt zu bringen: Der Kunde muss letztendlich wie in einem Spinnennetz gefangen sein, ohne es zu merken. Das Anwenden solch einmaliger Kunst wird dem künftigen Direktverkäufer sehr sorgsam und behutsam eingetrichtert, behutsam, da niemand zum Erfolg gezwungen werden kann. Sich später in der Praxis um die nötige Motivation zu kümmern, das hat der Verkäufer tunlichst selbst zu übernehmen. Erfolg ist, wie gesagt, eine rein freiwillige Angelegenheit, natürlich immer erstrebenswert und längst nicht nur Treibstoff für beabsichtigte Höhenflüge in beruflicher Hinsicht.

Der Verkaufstrainer kennt selbstverständlich das sensible, anspornende Gebilde Motivation aus dem Effeff, und entsprechend bringt er den Begriff seinen Berufsanfängern auch nahe. Andrerseits muss er sich ständig selbst motivieren, gewissenhaft trotz allmorgendlicher Katerstimmung. Denn wie anders wäre es ihm erträglich, anrückenden Frust sich gar nicht erst zum Angriff formieren zu lassen, wenn er erkennen muss, dass unter seinen Seminarteilnehmern einige sitzen, denen die Unbegreiflichkeit oder das Unverständnis ins Gesicht geschrieben steht, die am Ende dennoch mit heftigem Kopfnicken unter gleichzeitigem Herbeisehnen der nächsten Kaffee- und Zigarettenpause und dem Rufe: „Ja, so ist es, ja, so machen wir das!" absolutes Verstehen vortäuschen? – Doch wer übernommen worden ist, so beruhigt sich der Trainer dann meistens gegen Mittag, kann auch wieder abgeschoben werden. Verstehen Sie, verehrte Leserschaft, was damit gemeint ist? Natürlich wissen Sie es.

Nun soll hier keineswegs das ganze zu vermittelnde psychoträchtige Eintrichterungsprogramm durchgeforstet und unter die Lupe genommen werden. Es genügen voll und ganz einige wenige erklärende und klärende Hinweise und praktische Beispiele. Somit können Sie, liebe Leser, wie schon irgendwo zuvor erwähnt, die Verkaufspraktiken im Nachfolgenden leicht verständlich aufnehmen und verarbeiten. Vielleicht sagen Sie sich am Ende sogar: Donner noch mal! Ich könnte das auch, Sicherheit, Sofas oder Sargnägel verkaufen. Denn schon seit langem ahne und spüre ich: In mir steckt eine Kontaktfreudigkeit, die endlich eingesetzt werden will. Nun, die hier überschlägig dargestellte Materie beeinflusst – hier gerne wiederholt – nicht nur das berufliche Wirken unseres Protagonisten, sondern, um nicht einseitig zu berichten, auch sein privates Leben. In allen Lebensbereichen wird er stets bemüht sein, seine Kunden, seine Umwelt und natürlich auch sich selbst ~~zu befriedigen~~ zufrieden zu stellen – meistens. Doch kommen wir unserer Sache jetzt näher. Ist es dem nunmehr mit Wissen und gutem Willen bis in die Haarspitzen aufgefüllten Verkaufsanfänger irgendwie gelungen, mit einem potentiellen Kunden einen Beratungstermin zu vereinbaren, dann wird er, sowie er die Wohnung des Betreffenden betreten hat, sich mit der Höflichkeit eines feinsinnigen und gebildeten Herrn einführen. Er stolpere also nicht mit der Tür ins Haus. Er wird mit ausgewogenen Worten und Gebärden das Psychotrainierte unverzüglich ansetzen, mit anderen Worten: sofort eine innere verbindende Brücke zu der Seele seines Kunden schlagen. Dabei ist er peinlichst darauf bedacht, sich nicht in Übertreibungen oder anmaßenden Deutungen zu ergehen. Aber leider ist es manchmal das Gegenteil, wodurch anfangs ein eilfertiger, aber noch keineswegs genügend verkaufsbegabter Vertreter ins Straucheln gerät, noch dazu, wenn er langatmige, wütende, mit ausholenden Gesten unterstrichene Schimpfkanonaden abfeuert, wobei er die Konkurrenz, falls er es für erforderlich hält, mit einbezieht. (Solcherlei Schnellschüsse und Giftigkeiten stehen in der Regel nur Oppositions- und Regierungspolitikern zu.) Hingegen das wahrnehmbare Umfeld in Augenschein zu nehmen und anzusprechen, damit kommt ein ~~raffinierter~~ guter Vertreter unumwunden ein gutes Stück weiter auf der Brücke in die Seele des Kunden. Sie, sehr verehrte Leserschaft, sind selbstverständlich wiederum in der Lage, zu erkennen, was gemeint ist. Gestatten Sie bitte dennoch einige Beispiele:

Anzusprechendes können die geschwungenen Intarsien in einer hochbeinigen Fußbank sein; ein an der Wand baumelndes Nebelhorn mit Wimpel; ein unter der Wohnzimmerdecke angeschraubtes Surfbrett oder ein Flickenteppich; aber auch – falls vorhanden – das kleine, sich heimlich herbeigeschlichene Töchterlein, welches, meistens den Zeigefinger bis zum Anschlag in der Nase, misstrauisch den fremden Besucher einzuschätzen versucht. Bei Knaben, die dem Verkäufer einen Vogel zeigen, ohne vorher die Zigarette aus dem Mund genommen zu haben, die ihm gleich darauf gegen das Hosenbein urinieren und gleichzeitig angrinsen – unter Kindern weiblichen Geschlechts hat diese Art der Begrüßung noch nicht Fuß gefasst –, genügt in der Regel ein leichtes, also wenig auffallendes Kopfnicken in Richtung des Vaters. Dazu empfiehlt sich ein gleichgültiger, entschärfender Gesichtsausdruck, der größtes Verständnis und tiefe Kinderliebe beweisen soll. Das nächste äußerst wichtige Kriterium ist die richtige Wahl des Sitzplatzes. Wird der Verkäufer von dem Kunden nicht gewaltsam auf einen bestimmten Platz gedrängt, dann lässt er sich, soweit der Besuchstermin am helllichten Tage stattfindet, mit dem Fensterlicht im Rücken nieder, einzig zu dem Zweck, des Kunden Augen hellem Lichte auszusetzen.

Diese Taktik ist unbedingt anzuwenden, auch wenn sie an das Beiwerk eines hochnotpeinlichen polizeilichen Verhörs erinnert. Nun, hat der junge Verkäufer im Verkaufstraining gut aufgepasst und bei den Rollenspielen den nötigen Ernst nicht vermissen lassen, dann wird er stets mit so genannten W-Fragen operieren, also mit Fragen, die folgerichtig mit einem W beginnen. Ein Beispiel möge genügen:

„Jetzt sagen Sie mir mal, Herr Kunde, wie kamen Sie denn an Ihren so wunderbar geformten braunen Stuhl?"

Natürlich muss jede W-Frage, um das einmal deutlich hervorzuheben, treffend und unmissverständlich formuliert sein. Doch wie auch immer, der Kunde wird auf jede W-Frage kaum mit einer überraschenden Gegenfrage aufwarten. Schmeichelt ihm die Frage – wie hier beispielsweise die nach dem braunen Stuhl –, dann kann er gar nicht anders, als mit geschwellter Brust aus sich herauszugehen, da er seinen guten Geschmack, sein Stil- und Formgefühl bestätigt findet. Allerdings bei ausgesprochen sturen Personen, gleichermaßen übel riechenden, oft unansehnlichen Individuen – manche schon von weitem erkennbar an ihrem abgeflachten Hinterkopf oder an ihrer tropfenden Nase sowie an ihren dicht mit Haaren bewachsenen Ohrmuscheln – sind derlei hofierende Anfangshudeleien nicht erforderlich. Und bei dieser Gelegenheit gleich erweitert: Der Verkaufsanfänger muss auch grundsätzlich die Sinnlosigkeit erkennen, unversicherbare Personen anzugehen, wie beispielsweise frisch eingewanderte Zuaven, ständig ihre Hartz-Vier-Stütze versaufende Kalmücken, kleinwüchsige Melmakiner oder ehemalige Heuwender aus Kamtschatka. Und mit Verlaub: Jede dieser Personen kann doch ohnehin nur zwei bis vier deutsche Worte verstehen und vor allem sprechen, als da sind: „Gutt Euro!"

Oder die Frage: „Du – wo Euro kriegen?" Ist es, nebenbei bemerkt, nicht erstaunlich, dass in unserem Kulturkreis völlig Fremde bereits mit einer W-Frage zu operieren verstehen? Was aber dabei herauskommen kann, wenn ein nur schludrig oder gar nicht trainierter Verkäufer Sicherheit verhökern will, zeigt eine kürzlich ans Licht gekommene Begebenheit:

Ein von einem Vertreter erst seit Kurzem in unserem Milch- und Honigland weilender angesprochener Mann war höchst erschrocken flüchtig geworden, nachdem der Versicherungsmann versucht hatte, ihn im Foyer der Hamburger Bahnhofs-Toilettenanlage für eine Auslandsreisekrankenversicherung zu gewinnen. Dieser Herr warf, den Kopf eingezogen, die Augen verdreht, dem Außendienstler plötzlich einen Beutel voll mit Rolex-Plagiaten aus Fernost in die Arme, stieß dabei einen fürchterlichen Schrei von zwei Sekunden Länge aus, sprang einmal hälftig um seine eigene Achse und floh dann panikartig nach draußen. Er muss wohl angenommen haben, verhaftet zu werden. Natürlich ein Irrtum, denn der dann doch schnell erkennende Vertreter, keine Versicherung loszuwerden, hatte gestenreich den Mann nur noch gebeten, einmal beide Hände hoch zu heben, um sehen zu wollen, ob deren Innenflächen genauso braun seien wie die Handrücken. Übrigens: Wir erfuhren im Nachhinein, dass es sich bei dem angesprochenen kleinwüchsigen Herrn um einen Pygmäen aus dem Regenwald in Zentralafrika handelte, der abgehauen war, weil er den vielen Regen nicht mehr ertragen wollte. An sich hätte der Vertreter auf die versuchte Bekanntschaft mit dem dunklen Herrn sofort verzichten müssen, da er wohl kaum hatte übersehen können, dass der kleine Mann zwar in einem, wenn auch viel zu großen Zweireiher steckte; und anstatt dazu eine Krawatte zu tragen, zierte ihn eine quer durch die Nase getriebene Rippe eines halbwüchsigen Unterholz-Warans. Solch ein Nasenschmuck bedeute, entgegnete der Eingeborenenberater des zuständigen Sozialamts infolge einer unserer Befragungen, dass es sich bei dem Mann um einen sogenannten Ersatz-Schamanen handele – aber schon mit Zertifikat. Doch dieser Schamane, der sich bereits seit einigen Monaten irgendwo in der Eingliederung befinde, wolle sich partout nicht von seinem Nasenschmuck, seinem Statussymbol, trennen, auch deshalb nicht, weil dann der Wind unangenehm durch das funktionslose Loch in der Nase pfeifen würde. Nicht minder bemerkenswert fanden wir, dass der Vertreter, als er sehr erstaunt einige der gefälschten Markenuhren aus dem Beutel näher betrachtete, von einer Zivilstreife der Polizei, nun, nicht festgenommen, aber unmissverständlich in die Zolldienststelle des Bahnhofs geleitet worden ist; ein durchaus korrektes Handeln, denn offensichtliche Verkaufsabsichten verbotener Plagiate sind eben strafbar.

Doch jetzt endlich weiter. Ein talentierter und ausgebildeter Verkäufer ist immer darauf aus – Sie wissen es bereits –, sich sehr schnell ein Bild von des Kunden Wesensart und Geschmack zu machen. Er tritt, was nicht oft genug zu wiederholen ist, freundlich und natürlich auf, bestrebt, den Interessenten für sich zu gewinnen. Mit seinen W-Fragen und speziellen Bemerkungen, das eine oder andere Wort mit einer passenden Gebärde unterstreichend, schürt er gegenseitiges Verstehen und baut eine Vertrauensbasis auf, und er beweist sein Taktgefühl. Somit kann er mit dem Einsatz seiner Möglichkeiten noch vor Beginn des eigentlichen Verkaufsgesprächs in paralleler Gedankenrichtung erwägen, wie seinem Gegenüber am besten beizukommen ist. Fragen, die eindeutig an die Grenze der Peinlichkeit, gar Unverschämtheit stoßen, etwa wie die nach der zwischenmenschlichen Beziehung in der Ehe des Kunden, würden seinen Besuch vermutlich abkürzen, erfolglos, versteht sich. Und selbstverständlich wird er auch mit weiteren Komplimenten wohlüberlegt und ausgewogen umgehen. Nie käme es ihm in den Sinn, einer eventuell arg zerzausten, nicht mehr ganz frischen Ehefrau ein ihr schmeichelndes Kompliment zukommen zu lassen. Er muss wissen, dass dies bei dem Kunden eine beleidigende Stimmung auslösen, ja ihn, den Vertreter, sogar einer gesundheitlichen Gefahr aussetzen kann. Wenn all die empfohlenen Verhaltensregeln aus dem Verkaufstraining dem Berufsneuling im Verlauf seiner Beratungsbesuche kräftig unter die Arme greifen, so sind einige Regeln, auch das sei gerne nochmals betont, durchaus auch außerhalb seines beruflichen Wirkens angebracht. Denn neben einer erfolgreich anzustrebenden Verkaufstätigkeit sollte möglichst auch ein ausgeglichenes, harmonisches Privatleben praktiziert werden. Später, als Rentner, bleibt dem Berater und Verkäufer immer noch genügend Gelegenheit, Familie, Nachbarschaft und Bundesregierung zu drangsalieren und zu beschimpfen.

Und nun genug der einleitenden Hinweise, Bemerkungen, Erklärungen und steigen wir ein in eine nicht uninteressante Materie aus einem der bedeutendsten Bereiche der Wirtschaft, und dazu gehören auch die Versicherungskonzerne. Und noch etwas: Das Verkaufstraining befasst sich selbstverständlich nicht nur mit dem Einsatz von W-Fragen und dem Auftreten und Verhalten eines Vertreters. Es sind noch etliche andere Hilfsmittel zu beachten, die, gezielt und gekonnt eingesetzt, jedem Kunden sozusagen den Wind aus den Segeln nehmen sollen. Einige dieser Mittel, beim fachlichen Namen genannt, werden Sie bereits im ersten Kapitel leicht erkennen. Übrigens: Nach Durchsicht dieses Buchinhalts gab uns der Schulungsleiter der *Al-*

te *Invalidia Versicherungs AG*, Herr Aloisius Obermoser, zu verstehen, dass rein gar nichts dafür spreche, das Buch als zusätzlichen Lehrstoff für seine Seminare zu übernehmen; doch andrerseits spreche auch nichts dagegen.

Dieses Buch für irgendetwas übernehmen oder nicht, Sie, sehr verehrte Leserinnen und Leser, möge der Inhalt unterhalten. Er will Sie, die Sie eingebunden sind in die Mühen des Alltags, beruflich wie privat, mit einem Zeitgenossen konfrontieren, der ebenso eingebunden ist. Und weil das so ist, kann es durchaus geschehen, dass die Verkaufshilfen von unserem Protagonisten anfänglich noch sehr missverständlich angewandt werden. Dieses Verhalten sehen Sie ihm bitte großzügig nach, bestätigt es doch, dass unser Held auch nur ein Mensch ist, noch dazu ein männlicher. Betrachten wir somit alles von sonniger Warte aus. Trotz allem können wir auch seine Leitsprüche übernehmen, die an der Wand über seinem Sofa hängen. Zwar sind sie reichlich abgedroschen, verlieren aber nie ihre Gültigkeit, weil allgemein beliebt:

> Lieber reich und gesund
> als arm und krank

> Lieber besoffen und fröhlich
> als nüchtern und doof

1. Kapitel

Es mag dahingestellt sein, welch ein Ruf Direktverkäufern oftmals angeheftet wird. Überall dort, wo Waren aller Art verkauft und gekauft werden, bewegen sich seriöse wie auch weniger seriöse Verkäufer.

Herrn Konrad K., 29 Jahre alt und ledig, neuer Außendienstmitarbeiter bei der jedermann bekannten *Alte Invalidia Versicherung*, soll keineswegs unterstellt werden, unseriös zu Werke zu gehen.

Die Vorgesetzten des Herrn Konrad K.:
vorn der Herr Bezirksdirektor,
an seiner Seite Hund Plisch (kein Vorgesetzter),
der Familie Fittich entlaufen

Nie käme er auf die Idee, seine Kunden planmäßig übervorteilen oder hintergehen zu wollen. Selbstverständlich hat er als Verkäufer entsprechend seines Auftrages den Kunden auf seine Seite zu ziehen und ihn so lange zu bearbeiten, bis er, der Kunde, letztlich überzeugt ist, im für ihn vordatierten Fegefeuer geröstet zu werden, wenn er dem angebotenen Versicherungsantrag nicht zustimmte. Herrn Konrad K. ist das nach Abschluss seines Verkaufstrainings zweifellos geläufig. Doch wird er das Vermittelte in der Praxis auch sofort richtig anwenden können? Anlässlich des Arbeitsbesuches eines Vorstandsmitgliedes des Unternehmens waren neben anderen Punkten auch neue Mitarbeiter ein wichtiges Thema. So saßen und standen denn als Gastgeber der hiesige Filialleiter und einige seiner Gebietsleiter mit dem Vorstandsmann debattierend in trauter Runde beisammen.

Die Respektsperson aus München – auf die Sechzig zugehend, mit Halbglatze, Hornbrille, Mundgeruch und Holzbein, im deutschsprachigen Raum oberster Antreiber in Sachen Umsatz, war etwas ungehalten.

Er war davon in Kenntnis gesetzt worden, dass einer der neuen Bezirksvertreter – gemeint war Herr Konrad K. – nach fünf Wochen Ausbildungs- und Einweisungszeit einen Versicherungsantrag eingereicht hatte, dessen Annahme abgelehnt worden war.

Das verwundere ihn nicht, wandte sich das Vorstandsmitglied der Generaldirektion in München, der sich selbstverständlich auch den Ablehnungsgrund hatte erklären lassen, an den für Herrn K. verantwortlichen Gebietsleiter. „Sie wissen natürlich, dass er einen Heiratsschwindler und derzeitigen Freigänger mit zweihundert Euro Krankenhaustagegeld versichern wollte, einen dubiosen Zeitgenossen also, und der bereits über fünfundsechzig Jahre zählte. Wie er an den wohl herangekommen ist. Ist Herr K. ein Fehleinkauf? Hatten Sie sich richtig entschieden? An seinen Bewerbungsunterlagen war ja nichts auszusetzen – Ihr Direktor sagte es mir –, also entschieden Sie sich für die Einstellung. Nun ja, er stammt vom Lande, von einem Bauernhof, dennoch aus gutem Hause, wie man so schön sagt, ja?"

„In der Tat. Sein Vater hatte es immerhin bis zum Obermelker gebracht. Leider versank er, schwer betrunken, in einem Bottich voll Milch, von der dann nur noch Käse ..."

„Sakrament, Sakra ... Die gute Milch!", fiel der Herr Vorstand dem Herrn Gebietsleiter ins Wort. „In der Tat, sehr bedauerlich. Die gute Milch! Wenigstens konnte sie noch ordentlich verwertet werden. Ich nehme an, Sie haben ihren neuen Mitarbeiter noch nicht zu einem Kundengespräch begleiten können?"

„Herr K. kehrte erst vor zwei Tagen von seinem Verkaufs-Training zurück. Nach den ersten vierzehn Tagen intensivster Sachschulung ließ ich ihn neben der Weiterbildung in unserer Direktion Anbahnungsbesuche allein unternehmen, damit er bereits vor dem

Verkaufstraining seine Kontaktfähigkeit ohne Aufsicht oder Beistand testen konnte. Die Sache mit dem inhaftierten Freigänger sei, so seine Aussage, auf eine Zufallsbekanntschaft zurückzuführen gewesen. Übrigens ist publik geworden, dass der Kriminelle vor einer Woche von einer seiner Betrogenen vergiftet worden sei. Darf ich mit Herrn K. fortfahren?"

„Fortfahren? Sie wollen jetzt fortfahren? Wo wollen Sie denn hin? Wir sind doch noch mitten in der Besprechung."

„Nein, ich will mich natürlich nicht entfernen, ich möchte fortfahren, von Herrn K. zu berichten."

„Ach so, ach so, na, dann mal weiter."

„Also: Da Herr K. das Verkaufstraining nunmehr hinter sich hat, wird er sich zukünftig honorigere Kunden suchen. Meine Zusammenarbeit in der Praxis mit ihm beginnt übrigens ab Dienstag, Montag bemüht er sich um seinen ersten ordentlichen Beratungstermin."

Der Herr Oberverkaufsdirektor gab sich zufrieden (was blieb ihm auch anderes übrig), der hiesige Herr Direktor, für die Entwicklung des Herrn K. ohnehin nur indirekt verantwortlich, ebenfalls.

Am Montag, Punkt neun Uhr, setzte sich der Herr Gebietsleiter Herrn Konrad K. in dessen Junggesellen-Wohnung gegenüber und begann mit ihm die Einrichtung organisatorischer Notwendigkeiten sowie den Arbeitsablauf für die nächsten Tage zu besprechen.

„Ich gratuliere", sagte der Herr Gebietsleiter, „dass Sie dem Herrn ... wie heißt er doch ... ach ja, Wistroschewski ... also, dass Sie dem Herrn Wistroschewski für heute einen Beratungstermin abgerungen haben – sehr gut, sehr gut."

Herr K. lächelte selbstbewusst. „Das war auch nicht einfach, Herr Gebietsleiter, abgerungen ist die richtige Bezeichnung. Der Kerl wollte doch tatsächlich nicht so, wie ich es geplant hatte. Der stellte sich bockig an und wollte von einem neuen Versicherungsvertrag nichts wissen. Der ist fast beleidigend geworden, nachdem er mir seine augenblickliche Absicherung genannt und ich ihm entgegnet hatte, dass nach meinem Dafürhalten seine Lebensversicherung viel zu niedrig sei. Und was antwortete er mir? Nach seinem Dafürhalten sei die Summe viel zu hoch. Was sagen Sie nun … Egal, den Termin haben wir. Das Verkaufstraining macht´s eben möglich – wenn man es anzuwenden versteht."

„Ihre Einstellung freut mich. Dann wird Ihnen das Trainierte bei dem Gespräch gewiss behilflich sein."

„Aber ja! Außerdem weiß Herr Wistroschewski, mit wem er es zu tun hat, mich wimmelt man nicht einfach ab."

Der Herr Gebietsleiter rieb sich kurz die Hände, wobei es ihm blitzartig durch den Kopf schoss, mit der Übernahme des Herrn K. höchstwahrscheinlich eine gute Wahl getroffen zu haben, nur dessen Ausdrucksweise schien ihm korrigierungsbedürftig, und das sprach er auch deutlich an:

„Wie gesagt, ich bin sehr angetan von ihrem erkennbaren Einsatzwillen. Aber zügeln Sie ihren Eifer. Ich bitte Sie, einen Kunden nicht als Kerl zu bezeichnen und auch sonst nicht schimpflich über ihn zu reden, egal, wo auch immer. Wenn ich auf solche Dinge verweise, dann sollen Sie das nicht als Maßregelungen empfinden, sondern als kollegiale Ratschläge. Und dass dem Kunden stets mit größtmöglicher Höflichkeit begegnet werden muss, dazu ist an sich kein Verkaufstraining erforderlich. Ein zuvorkommend behandelter Kunde, den Sie aber ohne einen Antrag verlassen haben, wird sich irgendwann, falls er einen Versicherungsbedarf erkennt, an Sie positiv erinnern."

So sprach der Herr Gebietsleiter und wiederholte damit nur das, was normalerweise jedem geläufig sein müsse, ob Vertreter oder sonst wem. Als er am Ende seiner kleinen Rede Herrn K. in die Augen schaute, in denen gleichermaßen Erstaunen und Kämpferisches geschrieben stand, da schoss es ihm wiederum wie ein Blitz durch den Kopf: Wird sich die Übernahme des Herrn Konrad K. tatsächlich als gute Wahl herausstellen?

Um elf Uhr klingelten sie bei Herrn Wistroschewski, einem Mann um die Fünfzig, mit bleichem Gesicht,

die linke Körperhälfte noch hinter der Haustür versteckt. Schon rief ihm Herr K. gutgelaunt entgegen: „Hallo, Herr Wistroschewski, der Konrad ist da!"

„Ich kaufe nichts!", rief der bleiche Mann und fixierte erst den ihm am nächsten stehenden Herrn K.

und dann dessen Hintermann. „Konrad ...? Ach ja, dann sind Sie der Herr K., der mir eine Versicherung andrehen will. Und der Mann hinter Ihnen? Ist das Ihr Fahrer?"

„Der Mann ist der Aufseher, mein Beistand, mein Gebietsleiter, der hilft mir, wenn ich mit meinem Latein am Ende sein sollte, was ich mir aber nicht vorstellen kann. Trotzdem: Der Herr ist auf und in seinem Gebiet eine Kapazität, deshalb nennt er sich auch Gebietsleiter."

Nun trat Herr Wistroschewski vollends hinter seiner Eingangstür hervor und wollte wissen: „Ihr Herr Gebietsleiter ist eine Kapazität? Auf welchem Gebiet denn?"

Herr K. wurde nervös, ja ungehalten: „Sie stellen eine Informationsfrage, die an und für sich und augenblicklich nicht zur Beantwortung heransteht; denn solche Art Fragen stelle in der Regel ich. Ich will Ihre aber trotzdem gleich beantworten, dann ist das schon mal aus der Luft. Also mit Gebiet ist zweierlei gemeint: erstens das Gebiet in dem Sie wohnen, zweitens das Gebiet, das er beherrscht. So, nun wissen Sie's."

Jetzt ließ sich hinter Herrn K.s Rücken der Herr Gebietsleiter vernehmen. „Aber Herr Kollege", sprach er ungehalten mit leiser, leicht zitternder Stimme, „können Sie mich mit Herrn Wistroschewski nicht bekannt machen, wie es üblich ist? Ich würde zu gern mit ..."

Weiter kam Herr K.s Helfer nicht, der augenblicklich die Worte entgegen gezischt bekam: „Würde oder könnte, das ist hier nicht angebracht, entweder ich tue etwas oder tue es nicht. Ich muss Sie bitten, weiterhin Abstand zu wahren", und schnell wandte er sich wieder Herrn Wistroschewski zu, wobei ihm augenblicklich des Herrn Gebietsleiters Mahnung eingefallen war, sich einem Kunden gegenüber stets höflich zu verhalten, allerdings nicht, wie folgend zu erkennen ist, überzogen: „Wollen Euer Hochwohlgeboren jetzt endlich die Güte haben, uns hereinzubitten?"

In des Hausherrn Augen stand jeweils ein großes Fragezeichen. Was war denn das für eine Formulierung: Hoch geboren ...? Nach bösem Blick und tiefem Atemzug glaubte er, nicht veralbert zu werden. Er entspannte seine Gesichtszüge und ließ sogar ein Lächeln um seinen Mund huschen, ja, er glaubte, Herrn K. verstanden zu haben. Er neigte den Kopf zur Seite und erwiderte: „Ihre Vermutung entspricht nicht so ganz den Tatsachen, also der Wahrheit", sagte er. „Deshalb möchte ich klarstellen, dass ich selbstverständlich wohl geboren worden bin, aber nicht hoch. Ich meine, es war tiefer, im Erdgeschoss oder im Kartoffelkeller", und ohne eine Reaktion Herrn K.s abzuwarten, bat er mit einladender Handbewegung seine Besucher ins Haus, begleitend mit den Worten: „Ich geh' schon mal voraus, meine Herrn."

Kaum im Wohnzimmer, verhielt Herr K. abrupt, sodass der Herr Gebietsleiter auf ihn auflief, und rief mit übertriebener Freudigkeit:

„Oh, welch rustikaler Kamin! Vortrefflich! Haben Sie den selbst eingebaut?"

Ungläubig, ja verwirrt schaute sich Herr Wistroschewski um, doch unverkennbar: es war sein Wohnzimmer.

„Kamin ...? Ich habe doch gar keinen Kamin", sagte er, der es wissen musste, „ein Schornstein, ja, der muss sein."

Herr K. lächelte sanft und erklärte:

„Sie müssen auch keinen Kamin haben. Was ich sagte, war eine Informationsfrage, eine offene sogar, ähnlich Ihrer von vorhin."

„Eine – was ...? Welche Frage ist hier offen ...?"

„Ich kann Ihnen das auf die Schnelle nicht erklären, guter Mann, muss sehen, dass ich vorankomme." Energisch trat er drei Schritte vor, der Herr Gebietsleiter blieb vorsorglich zwei Schritte hinter ihm. „Ja, nein, und erst die Lampe! Donnerwetter, welch ein Geschmack! Alles ist hier sehr gediegen, viele Dinge ein bisschen albern, aber das Gediegene überwiegt. Sie machen große Augen. Wollen Sie niesen? Ach was, wir müssen zur Tagesordnung übergehen. Und Sie gehen mal einen kleinen Schritt beiseite und lassen mich mit dem Rücken zum Fenster sitzen, Gegenlicht macht mich immer so konfus."

Nach rund einer Stunde hatten sich Berater und Kunde mit einer komplizierten Bedarfsermittlung auseinandergesetzt. Der Herr Gebietsleiter, während dieser Zeit nur Zuhörer, hatte sich schon zum zweiten Mal auf die Gäste-Toilette begeben und dort unter energischem Würgen versucht, seinen Magen zu entlasten. Und Herr Wistroschewski setzte sich durch seine Mimik, durch sein zappelndes Verhalten dem Verdacht aus, seinerseits konfus zu werden, begünstigt vom blendenden Fensterlicht. Herr K., dem das nicht entging und störte, forderte daraufhin:

„Zwinkern Sie mir nicht dauernd zu, mir ist das unangenehm."

„Mir auch, Herr K. Denn dies hier ist normalerweise nicht mein Platz. Der ist immer dort, wo Sie jetzt sitzen."

„Das sollte Sie doch sehr zufriedenstellen, da können Sie Ihr Wohnzimmer endlich auch mal von einer anderen Warte aus betrachten."

Nach Herrn K.s Bedarfsermittlung besaß Herr Wistroschewski ein Zweifamilienhaus und das Reihenhaus, in dem er in diesen Stunden einen Vertreter ertragen musste. Neben seinen Liegenschaften unterhielt er eine Sterbegeldversicherung sowie für die eventuelle Erbschaftssteuer eine Risikoversicherung in Höhe von 5.000 Euro.

(Bei der so genannten Bedarfsermittlung wird errechnet, ob nach dem Prinzip von Soll und Haben unter dem Strich ein Betrag zu Buche schlägt, der einen finanziell sorgenfreien Lebensabend sichert oder nicht. Dieses an sich einfache Verfahren wird auch Versorgungsbilanz genannt.)

Es war Herrn K.s erste erstellte Versorgungsbilanz in der Praxis, da blieb das eine oder andere Versäumnis nicht aus. Beispielsweise kam nicht zur Sprache, ob das Ehepaar Wistroschewski neben seiner zu erwartenden Altersrente zusätzlich auf volle Mieteinnahmen werde zurückgreifen können, falls zu dem gewissen Zeitpunkt die beiden Immobilien belastungsfrei sind. Zum Sprechen war bis dato fast nur Herr K. gekommen, wobei allein das Zuhören Herrn Wistroschewski immer nachhaltiger überforderte, was gleichermaßen auf den Herrn Gebietsleiter zutraf, der immer noch mit Unwohlsein zu kämpfen hatte. Dies jedoch ließ er sich, bis auf gelegentlich flache Sitzhüpfer beim unterdrückten Rülpsen, nicht anmerken. Die Toilette musste er glücklicherweise nicht mehr aufsuchen, da sein Magen nur noch Luft produzierte. Nur halbherzig, wahrscheinlich eher gar nicht, verfolgte er die weiteren Aktivitäten seines neuen Mitarbeiters, der in seinem Eifer aufgesprungen war, sich mit beiden Händen auf der Tischplatte abstützte und dazu ein mitleidiges Mienenspiel inszenierte und dem Hausherrn vorwarf:

„Und das, was Sie mir hier zur Habenseite angegeben haben, soll eine Altersversorgung sein? Machen Ihnen hohe Verpflichtungen nicht zu schaffen, weil Sie sich so allerhand aufgehalst haben? Dazu auch gleich noch eine W-Frage: Was hatte Sie eigentlich bewogen, als Versorgungsform Immobilien, die wie Sie im Alter allmählich verrotten, zu wählen? Das hatten Sie sich doch gar nicht richtig überlegt, was?"

Herr K. nahm die Hände vom Tisch, zog an einem seiner Finger, was unangenehm knackte, und setzte sich wieder.

„Ja, ich hatte mir gedacht", erwiderte Herr Wistroschewski mit flatternder Stimme, „und auch meine Gattin ... Ich weiß gar nicht, wo sie momentan steckt."

„Ahaa, da haben wir´s schon: Sie hatten sich etwas gedacht, ohne nachgedacht zu haben ... und auch Ihre Gattin ...? Übrigens: Für Sie ist sie in direkter Sprache, oder wann auch immer, nicht Ihre Gattin, sondern schlichtweg Ihre Frau. Ihre Frau hingegen ist natürlich auch für mich Ihre Frau, aber gehoben gesagt, Ihre Gattin, jedenfalls dann, wenn ich nicht die Bezeichnungen Frau oder Gemahlin wähle."

„Meine Frau ist trotzdem meine Gattin", beharrte Herr Wistroschewski auf seine Meinung, „auch wenn ich nicht weiß, wo sie steckt. Wahrscheinlich ist sie für mich Eier einkaufen, ich glaube, zwei Stück. Sie wollte nämlich ..."

„Ja, ja, Ihre Frau ist Ihre Gattin, Punkt! Und Ihre Eier stehen jetzt nun wirklich nicht zur Debatte. Aber wieder zu meiner Frage: Ich kann also davon ausgehen, sie nicht zufriedenstellend beantwortet zu bekommen. Es wurde höchste Zeit, dass Sie mich zu sich riefen. Und der Einfachheit halber reduzieren wir jetzt möglichst die W-Fragen. – Haben Sie dazu etwas zu sagen?", wandte er sich an den Herrn Gebietsleiter, und ohne dessen mögliche Antwort abzuwarten, schaute er mit strengem Blick wieder auf seinen Kunden, der sich aufgefordert fühlte, sich zu der Sache zu äußern: „Was sind denn W-Fragen, Herr – äh – Herr ..."

„Mein Name ist Konrad K.."

„Sehr angenehm. Und ich heiße Wistroschewski."

Noch eine Stunde hier, dachte Herr K., und ich werde zum Mörder, zumindest zum Totschläger im Affekt. Er erwiderte:

„W-Fragen, Herr Wistroschewski? Sie stellten gerade eine, nämlich: ‚Was sind W-Fragen'. Nun, Sie werden mir sicherlich folgen können, wenn ich Ihnen sage, dass W-Fragen deshalb gezielt vorgetragen werden, um auf eine bestimmte Antwort spekulieren zu können, nicht nur ja oder nein hören, sondern Klarheit erwarten, um jedem Wischiwaschi aus dem Wege zu gehen. Jeder Kunde sollte bemüht sein, seinem Berater, wie ich einer bin, leicht verständliche Antworten auf dessen W-Fragen zu geben. Noch eine W-Frage gefällig, verehrter Herr? Ja? Also denn: Warum schauten Sie eben auf den Herrn Gebietsleiter, anstatt mir die größte Aufmerksamkeit zuteilwerden zu lassen, mir, der Sie versorgungsmäßig vor Unheil bewahren will?"

Herr Wistroschewski zog erschreckt den Kopf ein, reckte ihn dann in die Höhe und schluckte zwei Mal, wobei sein ausgeprägter Adamsapfel wie ein Fahrstuhl auf- und niederfuhr. Er öffnete seinen breiten Mund, als wollte er zu einem Gähnen ansetzen, und gewährte dadurch einen kurzen Einblick in das Innere – manche nennen es Kartoffelloch –, das sich mit flach liegender, dunkler und zerfurchter Zunge wie eine dämmrige Tropfsteinhöhle ausnahm. Dann wurde ~~die Tropfsteinhöhle~~ der Mund geschlossen und Herr K. maulte vor sich hin: „Warum zum Teufel ist es so schwierig, mir auf meine präzise formulierten Fragen kurze, präzise Antworten zu geben?!"

Nun beugte sich Herr Wistroschewski vor, mit einem sonderbar anmutenden Flackern in den Augen, und ruckte dann heftig gegen die Rückenlehne seines Stuhles, was ein leises Knarren zur Folge hatte.

„Ich habe nur sagen gewollt", ging er nun doch noch auf Herrn K.s Frage ein, wobei in seiner Stimme jetzt

Töne, dem Gurren einer greisen Taube nicht unähnlich, mitschwangen, „ich habe fragen gewollt, nein, ich wollte fragen, ob der Herr dort tatsächlich eine Kapazität ist."

„Freilich ist er das", versetzte Herr K. mit scharfer Stimme, „aber was hat das mit uns hier zu tun?" Womit hab' ich das nur verdient, dachte er und fuhr fort: „Bleiben wir bei der Sache, lieber Herr Wistroschewski. Außerdem sehen Sie doch, dass es ihm anscheinend immer noch schlecht geht, er hält sogar seine Augen geschlossen. Ich vermute, sein Unwohlsein kommt daher, und dies sage ich Ihnen in tiefstem Vertrauen, weil er vor kurzem mit seinen Gebietsleiter-Kollegen und unserem Direktor einige Tage in Paris verbrachte. Sie verstehen, was ich meine? – Nein? – Was soll's ...

Diese Vergnügungsreisen, um solche handelt es sich nämlich, veranstalten die, wie ich hörte, jedes Jahr. Aber jetzt lassen Sie uns wieder konzentriert zur Sache gehen, dennoch: Ihnen ist die Entspannung deutlich anzusehen, wenn wir in unsere harte Verhandlung kurze Abschweifungen einschieben. Nun, ich habe Ihnen für Ihre Altersversorgung entsprechend der Bedarfsanalyse die Kapitalversicherungssumme von einhunderttausend Euro anzubieten. Diesen Betrag, plus Gewinnanteile, benötigen Sie, um in einigen Jahren über die Runden zu kommen. Und ich benötige Ihren Antrag, um jetzt über die Runden zu kommen."

In Herrn Wistroschewski kehrte die Daseinsfreude zurück: „Aber natürlich! Sie bieten mir hunderttausend Euro an. Bekomme ich das Geld jetzt von Ihnen? Es steckt in Ihrer Aktentasche, nicht wahr? Und auch die Gewinnanteile? Da bin ich großzügig – die dürfen Sie behalten."

„Sehr witzig, lieber Herr Wistroschewski, Sie haben Humor, das gefällt mir, das lockert auf und entspannt zusätzlich."

„Aber Sie boten mir eben hunderttausend Euro an. Haben Sie das Geld denn nicht bei sich?"

Herr K. musste an sich halten. „So viel Geld habe ich nur selten bei mir", sagte er leise mit drohendem Unterton in der Stimme doch dann wieder forsch: „Bleiben wir auf dem Teppich und gehen Ihre Situation nochmals durch: Ihre Hinterbliebenen haben das besagte Sterbegeld von ein paar Euro zu erwarten. Wissen Sie, für die paar Piselotten wird nur schwerlich eine Institution zu finden sein, die sie unter die Erde schaufelt. Mit Annahme meines Angebotes müssen Sie Ihre Sterbegeldversicherung aber nicht erhöhen. Doch was könnte Ihrer Gattin durch den Kopf gehen, wenn Sie vor Ablauf der bei mir abgeschlossenen Lebensversicherung ins Gras beißen? Ihre Gattin hört ja nicht zu, also kann ich offen reden. Was also könnte sie sich ausmalen? Ein Aufprotzen vor Nachbarn und der Welt, wie beispielsweise ein Sarg aus Mahagoniholz, sündhaft teure Trauerklamotten von Karl Lagerfeld persönlich genäht, die Beisetzung unter einem riesigen weißen Party-Zelt, zelebriert von einem ausgewanderten deutschen Starpfarrer aus Las Vegas, im Gefolge Siegfried und Roy, und im Eingangsbereich des Zeltes der Donkosaken-Chor, mit herzzerreißenden Romantikmelodien, bis dann im Hintergrund das Super-Buffet – geliefert von Käfer in München –, von einem ostchinesischen Paukenschläger eröffnet wird? Ja, und dann auch noch halbseitige Nachrufe in noblen Hochglanzwochenblättern, ganzseitige in allen europäischen Tageszeitungen, beginnend mit: Mein über alles geliebter Mann ... Mittelpunkt der ganzen Verwandtschaft ..., Erblasser höchsten Grades dank der Lebensversicherung von Herrn Konrad K. ..., endlich, endlich hat sich die Geduld ... und so weiter und so weiter. Sind wir uns da nicht einig, lieber Herr? Kein Mensch in Europa hat Sie jemals gekannt, noch nicht einmal alle hier im Dorfe. Kein Mensch, noch nicht einmal der Bundespräsident nimmt teil am Schmerze, nein, an der heimlichen Freude Ihrer Gattin, Sie endlich untergebuddelt zu haben. Auch wird mit Sicherheit eine am nächsten Tag anzusetzende Nachfeier eingeplant werden, mit Feuerwehrkapelle, Heino, Fischbrötchen, Bier und Doppelkorn."

Nun legte Herr K. eine Pause ein, zog sein Taschentuch hervor, schnäuzte sich geräuschvoll, steckte das Tuch zurück, neigte den Kopf leicht zur Seite und stellte mit jetzt ruhigerer Stimme eine gegenteilige Version vor:

„Wäre es aber nicht auch möglich, mein lieber Herr Wistroschewski, dass Ihre Witwe Ihre Leiche billig und in aller Stille einbuddeln lässt und sich mit dem vielen

Schotter aus der Lebensversicherung einen neuen Mann kauft? All diese Protzereien, nebst Kaufoption für einen neuen Mann, nein, nein, ich will Ihrer verehrten Gattin nicht zu nahe treten, sie ist ja auch gar nicht hier. Aber, Herr Wistroschewski, es könnte natürlich auch ganz anders kommen, nämlich dann, wenn Sie gegen alle Vernunft ein hohes Alter erreichten. Ihre Gattin wäre dann natürlich auch schon ziemlich alt, wenn nicht sogar uralt. Da ist es fraglich, ob sie dann noch Lust auf einen neuen Mann aufbringen würde; nützlicher wäre es, wenn Frau Wistroschewski – ich sage das mal so locker daher – , nachdem auch ihre Seele gen Himmel gefahren ist, als Hühnerfutter Verwendung finden würde. Das wäre auch kein Frevel. Denn eine Wiederauferstehung von den Toten kann es meines Erachtens nicht geben. Selbst wenn der liebe Gott eine Menge Helfer einsetzte, wäre es schwierig, aus Skelettknochen und Urnenasche neue Menschen zu formen. Wir müssen uns darüber aber nicht den Kopf zerbrechen, verehrter Herr Wistroschewski, denn wie heißt es doch: Gottes Wege sind unerforschlich; und dabei wollen wir es auch bewenden lassen. Wissen Sie, wenn Sie und Ihre Gattin nicht mehr auf Erden weilten, und die Eurostapel nicht verschleudert worden sind, kämen die nächsten Erben an die Reihe, beispielsweise die des zweiten Grades. Was hätten die für einen Spaß mit der von Ihnen hinterlassenen Kohle. Da würden Sie und Ihre Frau sich im Grabe umdrehen und sich, nee, nee, nicht zu Tode ärgern, denn der Tod ist ja längst eingetreten, sondern zurück zum Leben. Aber das sage ich nur spaßeshalber, denn auch das Umdrehen im Grabe ist nicht möglich, was mit dem von mir bereits Erwähnten zu tun hat. Nanu …? Sie haben immer noch geweitete Augen, Herr Wistroschewski, und Schweißperlen auf der Stirn. Ja, ja, was ich anführen musste, gibt eben zu denken ... Hat es sie innerlich aufgewühlt? Haben Sie das alles verstanden? ... Nein? ... Dann können wir ja weitermachen. Ich bin froh, dass wir so gut vorankommen. Also hören Sie: Sie selbst, guter Mann, Sie ganz allein sollen das Geld verbraten, nun gut, mit Ihrer Frau Gemahlin – wenn's denn sein müsste. Und wenn das erledigt ist und ein paar Euro übrig sind, müsste von Ihnen – natürlich noch zu Ihren Lebzeiten, denn als Toter wäre das sehr schwierig – verfügt worden sein, dass mit den verbliebenen Euros aus der Lebensversicherung das Einbuddeln Ihrer Überreste die Firma Pralle vornimmt. Pralle ist der billigste Bestatter in Mitteleuropa und Sibirien; dessen Werbespruch lautet übrigens: *Pralle holt sie alle!* Wissen Sie, Pralle setzt für jede Beisetzung sechs von der Agentur für Arbeit zum Friedhof kommandierte, noch halbwegs nüchterne Ein-Euro-Jobber ein. Die tragen dann den Sarg und kuhlen ihn auch ein. Allerdings nehmen manche – das zeigt jedenfalls die Vergangenheit – nach dem Zuschaufeln oftmals die Kränze, von denen sie die Schleifen entfernen, mit und verhökern sie auf dem nächsten Wochenmarkt als Gebrauchtware, dreißig Prozent unter Flechtpreis. Aber das wird Sie im Grabe nicht groß aufregen. Ja, und dann schlagen bei Ihnen zusätzlich die fünftausend Euro aus der Risikoversicherung zu Buche. Gut, gut, soll das Finanzamt damit selig werden. Doch machen wir endlich Schluss mit all diesen Horrorszenarien, betone aber ausdrücklich, gewissermaßen auf den letzten Drücker zu Ihnen gekommen zu sein, um Sie aus Ihrer Zukunftsmisere herauszureißen. Sagen Sie selbst: Wäre es für ein Herausreißen aus der Zukunftsmisere nicht beinahe zu spät gewesen? Aber müssen Sie sich nicht jetzt sagen, nein, nein, sagen können Sie sich das auch noch in aller Ruhe, wenn ich über alle Berge, also wenn ich und der Herr Gebietsleiter uns verabschiedet haben."

Herr Wistroschewski hing mittlerweile wie der Herr Gebietsleiter mit fast gelähmter Atmung auf seinem Platz, mit geöffnetem Mund, in dem die Unterkieferprothese fehlte, was den Eindruck erweckte, als schaue man von Weitem in eine Tropfsteinhöhle; hervorquellenden, feuchten Augen und einem plötzlich ruckartigen Kopfnicken, was auf stumme Zustimmung wie auf ein beginnendes Nervenleiden hindeuten konnte. Herrn K. focht das nicht an, er war in seinem Element, hatte sich in seine Aufgabe regelrecht verbissen. Und da er kein Wort aus seines Kunden ~~Tropfsteinhöhle~~ Mund vernahm, fuhr er ungehindert fort: „Und nun muss ich zur Überleitung kommen, welche mit der Abschlussphase und dem Abschlussrhythmus zu tun hat ... das ist so vorgeschrieben. Sind alle Fragen geklärt?"

Mühsam setzte sich Herr Wistroschewski gerade und presste zwischen zitternden Lippen hervor:

„Nein ... ja ... aber wenn ich noch fragen dürfte ..."

„Die Fragen stelle ich, Herr Wistroschewski, weil ich Sie davon entbinden möchte, selbst nach Fragen zu suchen. Und außerdem, um auch das mal hervorzuheben: Ich sitze nicht hier, um Fragen zu beantworten. Und sagen Sie mal, so ganz zwischendurch: Ihrem Namen zufolge liegen Ihre Wurzeln im Osten. Meine Wurzeln, da verrate ich kein Geheimnis, liegen in Südfrankreich. Meine Ahnen waren Hugenotten. Doch weiter mit uns beiden: Haben Sie irgendwelche Einwände vorzutragen?"

„Ich habe nichts dagegen, dass Ihre Ahnen Hottentotten waren. Aber dass Sie Wurzeln in Frankreich liegen haben, ist doch sehr verwunderlich. Ich jedenfalls habe immer ein paar Reihen im Garten liegen, die säht meine Frau immer im Frühjahr aus."

Herr K. ignorierte Hottentotten, Herkunft und Gartenwurzeln. „Aber, aber, Herr Wistroschewski, ich meine, ob Sie noch einen Einwurf, nein, Einwand machen wollen, bevor Sie Ihren Versicherungsantrag unterschreiben. Ich gehe wohl recht in der Annahme, dass Sie keinen vorbringen wollen. Das ist auch gut so, somit muss ich auch keinen quittieren. Ich muss sagen, alles sehr überlegt von Ihnen. Es kommt aber noch mehr, warten Sie bitte einen Augenblick – ach ja, ich müsste jetzt zur Aufforderung zur Tat kommen, verstehen Sie recht: nicht Aufforderung zum Tanz. Ich möchte aber Ihnen und mir das mit der Aufforderung zur Tat ersparen. Mir schoss das eben blitzschnell durch den Kopf." Nun unterbrach sich Herr K., weil er gewahrte, dass Herr Wistroschewski den Oberkörper kurz nach links und dann nach rechts bewegte, um einen Blick auf seines Gastes Schläfen werfen zu können, ob da nicht irgendwo ein Loch zu erkennen war. Herr K. aber sprach kopfschüttelnd weiter: „Auf den Abschlussrhythmus darf ich allerdings nicht verzichten. Beantworten Sie den tunlichst mit ja oder nein."

Nebenbei gesagt, um den Gastgeber schien es nicht gutzustehen, worauf Herr K. aber keine Rücksicht nahm. Wie flehentlich warf Herr Wistroschewski einen langen Blick auf den reglosen und stumpf dreinblickenden Herrn Gebietsleiter, der aber nur scheinbar in eine Ohnmacht gesunken war. Dann verblüffte er Herrn K. mit der Frage:

„Soll ich mal eben eine CeDe auflegen? Wir könnten uns dann eventuell zum Tanz auffordern, meinetwegen auch zur Tat. Da müssen Sie nicht so bescheiden sein. Wissen Sie, unter uns gesagt, tanze ich nicht gerne, hingegen meine Frau Gattin und Gemahlin... "

Herr K. hielt an sich, er durfte keinesfalls die Fassung verlieren. „Wenn ich dauernd Kunden wie Sie hätte", versetzte er mit leiser, aber giftiger Stimme, „dann müsste ich den jeweils von mir angebotenen Tarif vermutlich im Tangoschritt oder beim wiegenden Walzer erklären. So, und nun konzentrieren Sie sich wieder auf uns und den Rhythmus: Ist Ihnen die Höhe der Versicherungssumme recht?"

„Ja – aber ..."

„Gut, haken wir den Punkt ab. Der kommende Monat als Beginndatum entspricht Ihren Vorstellungen?"

„Ja – aber ..."

„Bitte, Herr Wistroschewski, verzichten Sie auf das Ausweichwort aber, es reicht völlig aus, wenn Sie mit ja antworten. Nun also: Sie wollen sich im Alter unabhängig gut versorgt wissen, finanziell, meine ich, und so dann und wann in der Karibik in der Sonne liegen, wo sich Ihnen ständig ein Dutzend brauner Mädchen zur Auswahl stellt?"

„Habe ich richtig verstanden? Ich soll unter braunen Mädchen eine Wahl treffen? Warum sollte ich mir denn ein Mädchen wählen? Und was sollte ich mit dem dann anstellen? Aber meine Frau könnte das regeln. Vielleicht kann sie ein Mädchen brauchen, fürs Einkaufen, Saubermachen und für die Küche. Aber wieso eigentlich Karibik? Das ist doch sehr weit weg von hier, was schon daraus zu schließen ist, dass alle Mädchen, wie Sie eben sagten, braun sind. Und wie käme ich dort hin? An die Deutsche Bahn wäre nicht zu denken, auf die ist kein Verlass. Nein, nein, werter Herr K., solch eine Gegend muss es ja nun wirklich nicht sein."

„Nein, das muss es nicht!", schrie Herr K., dämpfte aber sogleich seinen Tonfall fast unhörbar: „Donner auch!", sagte er und schob dabei voll Frust seine Unterlagen auf dem Tisch erst nach links, dann nach rechts, dann wieder vor sich. Ebenso fast unhörbar stellte er dann fest:

„Jetzt bin ich es plötzlich, der auf den Rhythmus-Leim geht und mit ja oder nein antwortet."

Herrn Wistroschewskis fehlerloses Gehör nahm es trotzdem auf. „Wo gehen Sie hin, Herr K.? Sie gehen auf den Leim? – Ist das ein Berg?"

„Herr Wistroschewski, Sie schweifen ab und bringen so viele Dinge durcheinander. Wissen Sie was? Verbringen Sie als alter Gnatter Ihre Ferien nicht in der Karibik, sondern meinetwegen hinter Ihrem Maschendrahtzaun. Überspringen wir nun den Zaun ... nein, den Rhythmus, und kommen wir gemäß Training zum Punkt Das Schweigen."

„Ach ja, *Das Schweigen im Walde?*", rief Herr Wistroschewski begeistert, „1955!", und er lachte auf, als hätte sein Gegenüber ein Stichwort getroffen, auf das er geradezu gewartet zu haben schien. „Den Film kenne ich, Herr K., ein wunderbarer Heimatfilm, nicht wahr? Ach ja, das Schweigen ..., und alles geht kaputt. Der Mensch ist eine Sauerei, was?"

„Es ist bald nicht mehr auszuhalten", sagte Herr K. leise zu sich selbst, und dann, seinem Ärger Luft machend, mit lauter Stimme: „Auch das Schweigen im Walde hat seine Daseinsberechtigung, lieber Herr Wistroschewski! Film hin oder her, Sie bringen mich mit Ihrem Waldfilm ganz aus dem Konzept, bin bald selbst ganz durcheinander." Er zog ein paar DIN-A-4-Formulare aus seiner Aktenmappe, vermerkte mit dem Kugelschreiber irgendetwas am Ende eines Formulars und schob es seinem Kunden zu. Der Kugelschreiber schlitterte hinterher, und Herr K. forderte für sich mit heiserer Stimme: „Ich muss zum Ende kommen, mit oder ohne Unterschrift", und dann laut und scharf: „Bitte dort unterschreiben, dort, wo ich eben das schwarze Kreuz hingesetzt habe."

„Ein schwarzes Kreuz haben Sie hingesetzt? – Und dieses schwarze Kreuz soll ich unterschreiben?"

Herr K. verdrehte die Augen und seufzte: „Nicht das Kreuz, Donner noch mal, sondern den Blanko-Antrag", rief er leidenschaftlich und gramgepeinigt. „Das Kreuz habe ich gemacht, damit Sie erkennen können, *wo* Sie unterschreiben müssen. Und überhaupt ... Ach, um kurz auf den Wald zurückzukommen: Sollte mir bislang entgangen sein, dass der Wald irgendwie unsere Sache hier beeinflussen könnte? – Und was geht denn alles kaputt?"

„Mir war eingefallen, Herr, Herr ..., dass viele Wälder seit Langem eventuell im Sterben liegen, nein, stehen, und da wollte ich mich vielleicht dahingehend geäußert zu haben können ..." – „Ach, ach, ach, keine Ausflüchte! Verzagen Sie nicht wegen kaputter Wälder. Außerdem verhält es sich bei den Bäumen wie bei den Menschen: ständig gehen welche ein, ständig wachsen neue nach. Viele Bäume sind vom Borkenkäfer und anderen kriminellen Lumpen befallen, und viele Menschen von Kopf- und Filzläusen und was weiß ich nicht noch alles. Das kann doch auch für Sie nicht neu sein! ... Haben Sie unterschrieben? Ja? Lassen Sie mal sehen. – Komische Unterschrift. Wir vereinbaren Jahreszahlung, da sparen Sie fünfzehn Prozent, vielleicht auch nur zwei. Holen Sie schon mal einen Scheck, ich rechne derweil die Jahresprämie aus."

Herr Wistroschewski wankte hinaus, anscheinend willenlos, und kehrte nach zwei Minuten mit einem Überweisungsformular zurück, welches Herr K. sofort an sich nahm. „Besser ist", sagte er, „ich beschrifte das Ding und Sie unterschreiben es. Spricht etwas dagegen? Natürlich nicht. Was sollte denn auch dagegen sprechen! Nun zittern Sie mal nicht so, Herr Wistroschewski, wo wir doch so gut mit allem durchgekommen sind. Ich wäre auch zitterig und aufgeregt, wenn ich in rund fünfzehn Jahren so viel Kohle bekäme. Leider kann ich mir solch eine teure Altersversorgung nicht leisten, konnte mir auch keine Häuser bauen lassen wie Sie. Haben Sie das alles mit Ihrer

Hände Arbeit erwirtschaftet? Mit Kopfarbeit hätten Sie das jedenfalls nicht erreicht." Herr K. lachte versöhnlich, reckte sich vor und tätschelte seines Kunden Unterarm. „Sie haben schwer geerbt, richtig? Aber nun bin ja ich hier und sichere Ihren ganzen steinernen Mammon und Sie selbst ordentlich ab, ja, ja, Ihre liebe Frau Gattin auch."

Gleich darauf verstaute Herr K. in Windeseile alle seine auf dem Tisch liegenden Utensilien in seine Aktenmappe, bedachte seinen Kunden mit einem warmherzigen Blick und sagte aufmunternd:

„Und nun herzlichen Glückwunsch zu Ihrem Entschluss und besten Dank für das mir entgegengebrachte Vertrauen. Ich sehe erfreut, dass Sie wieder ruhiger geworden sind, sozusagen von einer großen Last befreit."

Dann stand er auf, atmete einmal tief durch, und schien sich erst jetzt wieder seines Gebietsleiters zu erinnern, in dessen Adern das Blut allmählich normal zu zirkulieren begann. So richtig zu sich kam er allerdings erst wieder, als Herr K. ihn nach draußen gestützt hatte.

Nachdem sie im Auto Platz genommen hatten, startete Herr K. nicht sogleich den Motor, er wollte erst in aller Ruhe, also ohne sich vorrangig auf das Fahren konzentrieren zu müssen, auf seinen Gebietsleiter eingehen, der sich nach ihrem Besuchsergebnis erkundigte: „Wir erreichten etwas, nicht wahr?"

Wiiir ...?" Nein, nicht anmaßend oder empörend war das Wort *Wir* gegen die Windschutzscheibe geprallt, freudig hatte es Herr K. ausgestoßen, mit unverkennbar mitschwingendem Triumph über den Erfolg. „Ich habe etwas erreicht", sprach er weiter und ließ den Triumph ausschwingen, „ich habe meinen ersten guten Antrag eingefahren. Ist es nicht positiv zu werten, dass es für Sie keinen Grund gab, sich in die Verhandlung

einklinken zu müssen? Ihre gesundheitliche Verfassung hätte das vermutlich auch gar nicht zugelassen. Gehen Sie mal zum Arzt, Sie haben irgendwas in sich. Versuchen Sie auch künftig nicht, sich den Hintern für mich aufzureißen, ich habe bewiesen, auch allein gut zurechtzukommen. Kein Wunder: Das richtig umgesetzte Verkaufstraining sichert den Erfolg."

Auf Gesundheit und Hintern aufreißen ging der Herr Gebietsleiter nicht ein, er blieb stattdessen bei der Sache: „So soll es sein, Herr K., nur meine ich, dass Ihr Verhalten einem Kunden gegenüber und das Anwenden der Verkaufsmethoden – ja, das habe ich durchaus mitbekommen – trotz Ihres Erfolges überdenkenswert sind. Sie kennen keine Schwellenangst und keine Hemmungen, was durchaus von Vorteil ist. Doch gehen Sie nicht zu burschikos vor, seien Sie höflicher, liebenswürdiger, irgendwie gewinnender. Und nennen Sie die Trainingsbegriffe nicht bei Namen, sie sind nur für *Sie* relevant, für den Kunden nur irritierend. Wenden Sie die Begriffe fließend an, und vor allem ohne Ankündigung. Auch ein Verkaufsgespräch muss ein Gespräch bleiben, immer unserem Niveau entsprechend. Haben Sie im Seminar dieser speziellen Thematik nicht die erforderliche Aufmerksamkeit geschenkt?"

„Doch, doch", erwiderte Herr K., senkte den Kopf, womit er einen unterwürfigen Eindruck vermittelte; doch fing er sich schnell und erklärte mit freudiger Stimme: „Aber am Schluss sagte mir der Herr Seminarleiter, dass ich in fast allen Bereichen zwar nicht der Beste, aber immer der Lustigste gewesen sei."

Anmerkung:
Sie, liebe Leserin und lieber Leser, hätten gerne gewusst, welche berufliche Tätigkeit Herr K. ausgeübt hat, bevor er erleuchtet wurde, zum Vertreter, zum Verkäufer, zum Dienstleister geboren worden zu sein? Leider vergaßen wir, ihn danach zu fragen. Und Herrn Wistroschewskis Beruf hätten Sie ebenfalls gerne gewusst? – Wir auch.

2. Kapitel

Allen Befürchtungen der Geschäftsleitung zum Trotz war Herr K. in seinem Vertretungsgebiet in Sachen Versicherungen auch noch nach einem Jahr unterwegs. Mit seinen Umsätzen ging es mal rauf und mal runter, was nicht nur auf die Art und Weise seines eigenwilligen Verhandlungsgeschicks und seines Benehmens zurückzuführen war. Dauerhaft gute Erfolge sind in keiner Branche garantiert. Jedenfalls war das Geschäft Herrn K.s bestandssicher. Gewiss, so manches Verkaufsgespräch endete nicht mit einem unterschriebenen Versicherungsantrag, eben dann, wenn dem einen oder anderen Kunden der Übereifer und das Benehmen des Herrn K. über die Hutschnur gegangen waren. Anderen wiederum gefiel nicht nur Herrn K.s Art, sie traten sogar in dessen Spur, allein wegen des empfundenen Spaßes. Das waren hauptsächlich jene, die bald erkannt hatten, dass sie sich auf Herrn K.s Fachkenntnisse verlassen konnten. Herr K. wusste sehr wohl um sein Naturell, um seine Emotionen, denen er oft freien Lauf ließ, positiv für die Gespräche mit Kunden, die ihm sympathisch waren, negativ, wenn ihm Kunden – wie man auch sagt – überhaupt nicht lagen. Allein ein so genanntes verschlossenes Gesicht, unstete, im Gespräch zur Seite blickende Augen, konnten schnell seine Psyche in Wallung bringen. So verwundert es nicht, dass er in seinem ersten Vertreterjahr sieben Mal auf die Straße gesetzt worden ist. Solch dramatische Beratungsergebnisse veranlassten ihn aber nie zu der Überlegung, die Flinte ins Korn zu werfen. Frustriert oder psychisch wie niedergeschlagen fühlte er sich höchst selten. Er verbesserte nicht nur ständig sein Fachwissen, sondern suchte ebenso rege nach neuen Geschäftsmöglichkeiten wie umsatzdienlichen Erkenntnissen.Sich nur an verkaufspsychologische Grundlagen zu halten, reiche nun mal nicht aus – war seine Überzeugung. Er wollte Charaktere, mit denen er es zu tun hatte, möglichst schnell und penibel einordnen können und ihnen dementsprechend nach seinen Vorstellungen begegnen; denn manch ein Kunde, so seine Überzeugung, verfährt mit mir nicht viel anders.

Die Arbeitsmethoden der Vertreter sind vielfältig, oft eigenwillig wie sie selbst. Wenn wir von erfolgreichen wie auch weniger erfolgsgewohnten Verkäufern hören, dann wird bei den Hinterherhinkenden kurz über lang der Verdacht aufkommen, die Erfolgreichen könnten sich bestimmte Methoden angeeignet haben, um an die begehrten Unterschriften zu gelangen.

Ist es nicht so, dass Verkäufer auch nach Absolvierung des Verkaufstrainings sich die Frage nach Erfolgsmethoden stellen müssen, da sie auf Grund ihrer Mentalität vieles nicht einfach kopieren und dann auch umsetzen können? Denn allein fundiertes fachliches Wissen, das haben wir nun alle begriffen, reicht nicht aus. Bestimmte Methoden, mit denen ein Mensch glänzende Erfolge verbucht, bringen einen anderen trotz gleichwertiger Wissensbasis keinen Schritt weiter. Und da das alles auch Herr Konrad K. erkannt hat, marterte er monatelang sein Gehirn, um herauszufinden, inwiefern ihn nicht alltägliche, auf ihn zugeschnittene Arbeits- und Anbahnungsmethoden voranbringen könnten. Methoden hin, Methoden her, sagte er sich – als ihm ganz und gar nichts einfallen wollte –, es wäre mir schon sehr hilfreich, wenn ich am Morgen und noch vor meiner Kundenjagd irgendwie untrüglich spürte, entweder einen Erfolg versprechenden Tag vorhabe oder einen, den ich von vornherein abschreiben kann. Und dann schien er eines Tages tatsächlich den Schlüssel zu besserem Geschäft gefunden zu haben. Genau genommen fand er als Suchender nicht den Schlüssel, er stolperte geradezu über ihn, und er beschimpfte sich selbst als trottelig, ihn nicht weitaus eher an sich gerissen und in Gebrauch genommen zu haben, wo er doch täglich in die BILD-Zeitung schaute, um die Entwicklung der Bundesliga-Vereine zu verfolgen.

Vor einigen Tagen war es, an einem Freitagmorgen, als ihm zufällig die Spalte mit den Horoskopen der einzelnen Sternzeichen etwas genauer ins Blickfeld geriet. Bis dahin hatte er Horoskopen keinerlei Beachtung geschenkt, ja, er erinnerte sich noch nicht einmal, welchem Sternzeichen er selbst angehörte. An diesem Morgen nun packte ihn doch die Neugier, nachdem er einige Vorhersagen flüchtig überflogen hatte. Was mochte wohl unter seinem Sternzeichen vermerkt sein? Er rief sich sein Geburtsdatum ins Gedächtnis, und nachdem er unter der Rubrik Beruf und Geld gelesen hatte, den heutigen Tag relativ gewinnbringend gestalten zu können, und als er dann gegen Abend tatsächlich mit einem unterschriebenen Versicherungsantrag in seine kleine Dachwohnung zurückgekehrt war, gab es für ihn kein Überlegen mehr: er wollte, ja er musste sich nebenher der Astrologie verschreiben, um mit deren Hilfe bereits in der Frühe sich andeuten zu lassen, ob es sich lohnte, zwecks Broterwerbs die Wohnung zu verlassen.

Nun wollte er selbstverständlich nicht nur seine Tageshoroskope studieren – er dachte daran, sich verschiedene Zeitungen ins Haus bringen zu lassen –, sondern sich selbst ein Bild vom Sternenhimmel machen und sich sogar astrologische Fachbezeichnungen und deren Bedeutung aneignen. Und somit verfügte er bald dank seiner ehrgeizigen Natur nicht nur über ein für einen Laien ausgezeichnetes astrologisches Wissen, sondern wusste auch die Gestirnformationen, die für die Sternzeichen geradestehen und die er glaubte zu erkennen, einzuordnen. Manche Nacht nun saß er draußen im Hausgarten – samt Klappstuhl, Fernglas, zwei Flaschen Bier und einem Flachmann – und beobachtete den Himmel, soweit er zu beobachten war. Bei bewölktem Himmel war keine Beobachtung der Gestirne möglich, was eigentlich nicht besonders erwähnt werden muss. Herrn K. war bereits vorher bekannt, dass die Himmelskörper nicht unter den Wolken hängen, sondern weit darüber im Weltenraum verteilt sind.

Gar nicht lange, und der Zeitpunkt war gekommen, als Herr K. sein Wissen gezielt in seine Arbeitsplanung einbaute. Natürlich ließ er von seinen Erkenntnissen weder in der Direktion noch vor seinen Außendienstkollegen etwas verlautbaren. Er hütete auch deshalb streng sein Geheimnis, weil er auch mit dem Gedanken spielte, seine erfundene Anbahnungs- und Verkaufshilfe nach reiflich praktischer Anwendung beim Patentamt anzumelden.

Verfolgen wir einmal, wie sich seine inzwischen doch sehr umfangreiche Theorie in seinem Vertreteralltag auswirkte: Lieferten seine Kollegen nach einem von höherer Gewalt heimgesuchten Monat, beispielsweise nach anhaltenden Schneestürmen, tagelangen Straßenverstopfungen durch demonstrierende Kammerjäger, denen der Besitz von Schnellfeuerwaffen behördlich untersagt worden war, nur geringe Umsätze ab, dann bot auch Herrn K.s Erfolgsliste einen traurigen Anblick. Bei ihm waren es aber nicht Demonstrationen oder Katastrophen, die seine Erwartungen vermasselt hatten, sondern planetarische und interstellare Strömungen. Diese sind mit bloßem Auge nicht zu erfassen, so doch aber vom Gehirn eines geistig noch einigermaßen intakten Menschen. Trotzdem sind die Augen von großem Nutzen, nämlich dann, wenn sie als Observatorium eingesetzt werden und vor allem, wenn sie den Inhalt des täglich erscheinenden Horoskops zwecks Auswertung an das Gehirn weitergeben. Herr Konrad K., bald mit Haut und Haaren der Astrologie verschrieben, nahm – es ist nicht schwer zu erraten – seine Beratungstermine grundsätzlich nur an den Tagen wahr, wenn astrologische Empfehlungen klar und deutlich Erfolg versprachen. Er kam seiner sich auferlegten Pflicht nach, zunächst einmal die täglich gedruckte Voraussagung zu studieren und auszuwerten, was nicht selten eine Stunde in Anspruch nahm. Und weil er die Wahrsagung in einer einzigen Zeitung nicht mehr für ausreichend hielt, stand er im Abonnement mit zwölf weiteren Zeitungen und Zeitschriften, neben der *Stolpersteiner Zeitung* so bedeutende Blätter wie die *Lobesberger Jeckenpost*, den *Oderbruch'schen Ballermann*, den an der dänischen Grenze erscheinenden *Smørrebrøder Anzeiger* und natürlich *BILD am Sonntag*; selbst die russische *Wremja* hatte er sich zugelegt, aber bald die eine Hälfte als Schuheinlage für seine Stiefel benutzt, die andere als Zigarettenpapier. Er hatte sich vergeblich angestrengt, die russischen Schriftzeichen des Wremja-Horoskops zu entziffern. Vielleicht waren auch das, was er anfangs für Voraussagungen hielt, Hinrichtungstermine für nordostsibirische Wilderer. Letztendlich reichten ihm die Horoskope in sechs verschiedenen Zeitungen. Er huldigte nicht nur den Himmelskonstellationen, er schätzte auch deutsche Geistes- und Wertarbeit, und dazu zählten nun auch Horoskope genauso wie Brillenputztücher, Toilettenpapier – er selbst bevorzugte die Marke Sandfrei gefühlsneutral – und Mausefallen. Das war nicht mehr allzu viel, aber immer noch besser als gar nichts mehr. Fast alle Gebrauchs- und Verbrauchsgüter ließen unsere ehemals Made in Germany-Unternehmen in Fernost und anderen Ländern produzieren, ausgenommen dagegen die meisten Lebensmittel, darunter auch grobe und feine Leberwurst; ja, das wusste er sehr genau. Neuerdings hatte er auch eine Antwort darauf, warum viele unserer großen Firmen im Ausland produzieren ließen. Dort bekämen sie Produktionsgelände oftmals umsonst, dazu hervorragende Steuerverhältnisse und vor allem dauerhaft billigere Arbeitnehmer. Im Ausland strichen unsere großen Firmen durch ihr dortiges Engagement hohes Ansehen ein, was nach dem letzten Krieg doch jeder Deutsche begrüßen müsse.

Diese Ansichten, Konzerne und Produktionsstätten im Ausland betreffend, hatte in Wahrheit Herr K.s Gebietsleiter vertreten, nach einer Arbeitsbesprechung vor einer Woche, und Herr K. hatte dessen Ansicht solidarisch übernommen. Und da der Herr Gebietsleiter seinen Erklärungsdrang – das Thema Verkauf war längst beendet – nicht stoppen wollte, hatte er die Gelegenheit wahrgenommen, auch noch der Bundesregierung nahezulegen – er denke da an Griechenland –, dem deutschen Volke höhere Belastungen aufzubrummen, etwa nach dem Vorbild der Energiemultis, wozu auch die Spritverteiler und andere Gleichgeartete zu zählen seien. „Für unsere Bundesregierung kann der Spritpreis gar nicht hoch genug sein", betonte er nachdrücklich, „ebenso die Alkohol- und Tabakpreise. Selbst wenn wir uns nur noch Kartoffeln und Magerquark leisten könnten, für Sprit, Schnaps und Tabak reicht es immer, was ja täglich zu beobachten ist. Das ist auch gut so, schon im alten Rom wurde das Volk mit Brot und Spielen bei der Stange gehalten. Ich sage Brot, denn Kartoffeln kannten die noch nicht. Ist es nicht wunderbar, dass wir nicht nur unsere Geldinstitute mit Milliarden unter die Arme greifen, sondern auch fragwürdige Länder mit Geld zuschütten? Das ist nicht sinnlos, denn solche Staaten werden wir auf diese Weise nach und nach kaufen. Die jetzigen Milliarden sind nur eine Anzahlung."

Dann hatte er sich die Altersrentner vorgenommen, die er mit bissigen Worten bedachte: „Die müssten besonders bluten! Doch was ist die Wahrheit? Tatsächlich wird auch noch gelegentlich, zum Beispiel vor Wahlen oder vor besonders heiklen Absichten der Bundesregierung, Absichten, die unter Umständen eine Revolution heraufbeschwören könnten, die eine oder andere finanzielle Wohltat, wie eben Rentenerhöhungen, spendiert; verrückt, überhaupt nicht notwendig. Gerade die in Berlin wissen doch sehr genau, dass Rentnern die Geldscheine schon beim Treppensteigen aus den Hosentaschen flattern und erst recht auf der Straße bei böigem Wind."

Plötzlich bremste der Herr Gebietsleiter seinen Eifer und schien, sein Gesichtsausdruck verriet es, streng nachzudenken.

„Wenn ich mir die Dinge aber genauer betrachte", setzte er dann mit leiser Stimme an, „bekommen die Rentner trotz Rentenerhöhung unterm Strich nur wenige Euros mehr oder gar keine. Das ging eben ganz schnell durch meinen Kopf: Sind die eigentlichen Nutznießer nicht die Krankenkassen? Rentenerhöhungen! Von der Regierung – ich bin mir ziemlich sicher, in Absprache mit den Krankenkassen – gerissen ausgedacht. Zu der Weitsicht kann man nur gratulieren."

Nach dieser Feststellung hatte der Herr Gebietsleiter erst einmal tief ein- und wieder ausgeatmet, dann sich, wie nach einer inneren Erleuchtung, an die Stirn getippt und sich, wieder mit erhöhtem Ton, dahingehend korrigiert, dass die Sache mit den Tassen im Schrank getrost vergessen werden könne. Es sei von ihm voreilig, also unüberlegt formuliert worden; und auch Herr K. solle sich zu Herzen nehmen, nicht voreilig zu formulieren. Von der Rentenproblematik und speziell den Rentnern hatte er sich dennoch nur schwer lösen können. Wenn er an die nur denke ..., war sein Ausruf, dabei mit dem Fuß aufstampfend wie ein eigenwilliges Kind. Im Alter in Saus und Braus leben wollen, ohne an die verarmte Deutsche Rentenversicherung zu denken? Und erst die Witwen, Mann o Mann ...; der Bismarck hätte sich schon einige Male im Grabe umgedreht! Allein, was ihre verstorbenen Ehemänner hinterlassen hätten – jeder Rentner, so die Statistik, verfüge über ein Barvermögen von fünfundsiebzigtausend Euro –, also allein das gestatte den Witwen ein Leben voller lustiger Höhepunkte. Doch sei noch hinzuzuzählen, dass nicht nur jeder Rentner über den Betrag aus der Statistik verfüge, sondern auch jede Rentnerin. Viele Witwen kauften sich sogar einen neuen Mann, einen heiteren Witwer oder frisch und glücklich Geschiedenen. Lebensgefährten würden sie diese Männer dann nennen, oder Lebenspartner. Lebensgefährte ... Ob es wohl auch Todesgefährten gibt? Aber das ist nicht unser Bier. Was wohl ihre ehemaligen Ehemänner gewesen seien ...: Lebensversauer? Hausmuffel? Nörgelfritzen? Klötze am Bein? Und abends immer früh müde? Als Herr K. zögerlich einwarf, dass auch verwitwete Männer sicherlich ebenso dächten und handelten, da hatte der Herr Gebietsleiter energisch abgewinkt: „Was? Wie? Die paar Witwer, die sich noch bewegen? Die Handvoll Überlebender? Nein, nein, Herr Kollege, die fallen nun wirklich nicht ins Gewicht." Dann sackte er im Oberkörper etwas ein und schwenkte um, indem er von sich gab: „Mal unter uns, lieber Herr K.", jetzt hatte der Herr Gebietsleiter die Hand seitlich an den Mund gelegt, als wollte er etwas von sich geben, was fremde Ohren nicht erreichen sollte, „Witwen hin, Witwer her, Altersrentner müssten, da sie viel zu lange am Euter der Deutschen Rentenversicherung saugen, eigentlich so peu à peu ausgerottet werden, sagen wir – so ab Alter Ende sechzig ... spätestens. Das könnte doch durchaus den Kommunen zugeschustert werden." Er hatte die Hand wieder heruntergenommen, nachdenklich den Kopf einmal nach links, einmal nach rechts gebeugt, und dann gemeint: „Allerdings, ziehe ich mein eigenes späteres Rentenalter in Betracht, müsste ich die Sache mit dem Ausrotten sicherlich nochmals überdenken und mich am Ende fragen, ob ich denn mit meiner eigenen Ausrottung überhaupt einverstanden wäre. Aber noch ist das lange nicht so weit. Auf das Heute und auf die nahe Zukunft kommt es an. Das heutige Sozialgefüge muss ordentlich gefüttert werden, damit die Euros großzügig verteilt werden können, vor allem an jene, die nicht arbeiten wollen. Wer keinen Spargel stechen oder Kokosnüsse pflücken will – bei der einen Sorte ständig in gekrümmter Haltung, bei der anderen in gestreckter –, da wagt sich doch niemand, diesen Menschen, die nur ausgenutzt werden sollen, Vorwürfe zu machen. Ach, sagte ich Kokosnüsse?" Das sei ihm so herausgerutscht, Birnen und Äpfel pflücken habe er sagen wollen. Und Polen als Nachbarland zu haben, sei von fast unschätzbarem Wert. „Stellen Sie sich vor, Herr Kollege, die Gemüse- und Obstbauern hätten keine Polen ..."

Der Herr Gebietsleiter war immer noch nicht zu Ende gekommen und hatte sich noch auf dies und das aufgeregt, beispielsweise, dass der Staat für Kinder viel zu wenig Kindergeld zahle, die Inuitkinder hinter dem Polarkreis erhielten zwar auch nicht viel, dafür aber mehr Robbenfett. „Ich halte das für eine Sauerei, jawohl!", und ob er, Herr K., das nicht auch für eine Sauerei halte? Denn dass auch schon die Kinder für eine Schachtel Zigaretten über vier Euro zahlen müssten, sei nicht hinzunehmen, und bald wären es fünf Euro. Da bleibe einem glatt die Spucke weg. Und wenn man bedenke, dass obendrein über Achtzehnjährige oftmals Provision verlangten, wenn sie für die Jüngeren die Zigaretten einkauften, ja, das alles könnten die Kinder doch gar nicht mehr aufbringen.

„Wissen Sie, Herr Kollege", begann er eine seiner Beobachtungen zu schildern, „ich habe vor einer Konditorei am Marktplatz ein etwa dreizehnjähriges Mädchen beobachtet, das getrocknete Lorbeerblätter grob zerrieb und dann seine Pfeife damit stopfte, indes ihre offensichtlich von Haus aus sich besser stehenden Freundinnen und Freunde um sie herum Marlboro und Rothändle rauchten. Sie tranken aus Flaschen, die zwar keine Milch enthielten, aber auch keinen reinen Alkohol – meine ich. Und erinnern Sie sich, Herr K.: Seit gar nicht langer Zeit ist Jugendlichen unter achtzehn Jahren das Rauchen in der Öffentlichkeit gesetzlich untersagt. Ein Witz! Erstens wird das gar nicht überwacht, zweitens interessiert das niemanden, genauso wie das Handy am Ohr eines Autofahrers während der Fahrt. Und das ist auch gut so, schließlich ist die Polizei mit wichtigeren Aufgaben beschäftigt, allerdings weiß ich nicht, mit welchen. Jedenfalls kann sie ihre Verantwortung nicht mit zeitraubenden und banalen Einsätzen in Frage stellen. Sehen Sie: Mein Schwiegervater, der als Rentner in Bad Segeberg wohnt und täglich durch die Fußgängerzone in der Innenstadt spaziert, erzählte mir, dass er im letzten Jahr nur an zwei Tagen vier Polizeibeamte angetroffen hätte. Nein, verbotenes Radfahren zu ahnden hätten sie nicht im Sinn gehabt, sie hätten sich lediglich Brötchen gekauft. An den übrigen 363 Tagen – nun gut, vielleicht seien es auch weniger gewesen – seien fast täglich Fußgänger von Radfahrern angerempelt worden. Ernstlich passiert sei aber fast nie was, jedenfalls was er so beobachtet habe. Sagen Sie mal selbst, werter Herr K., soll sich die Polizei, womöglich noch in starker Präsens, auch noch mehrmals im Monat um das Treiben in einer Fußgängerzone kümmern?" – Herr K., mental sehr mitgenommen von den langatmigen Darlegungen seines Herrn Gebietsleiters, war nur noch zu einem müden Kopfnicken fähig gewesen. Sein Vorgesetzter hatte sich dann selbst die Antwort gegeben: „Dabei wäre das alles völlig problemlos. Kommen Radfahrer nach zehn Uhr durch die Fußgängerzone geradelt, müssen die Fußgänger eben rechtzeitig zur Seite springen."

Am Schluss hatte der Herr Gebietsleiter seinen Ausführungen noch hinterhergerufen, dass einem zu der ganzen deutschen, aber auch europäischen Misere rein gar nichts mehr einfalle und ihm, Herrn K., gewiss auch nichts. Mit diesen Worten hatte er seinen Schwall an Empörungen endlich abfließen lassen und sich von Herrn K., der jetzt arg unter Schwindel litt, verabschiedet.

Doch gehen wir nun weiter in löblichem Werke (Wilhelm Busch).

Jeden Morgen nun reihte Herr K. die Horoskope seines Sternzeichens aneinander, verglich und analysierte sie.

Mit Verlaub ist jedermann klar, dass man auch ohne astrologisches Wissen nicht nur wohlbefindliche, erfolgsbetonte Tage widerstandslos über sich ergehen lassen muss, sondern ebenso gegenteilige, das Gemüt negativ beeinträchtigende. Das ist nun mal so, und niemand wird das ändern können. Niemand ...? Herr K. musste auf ihn eventuell zukommende Misslichkeiten nicht befürchten, weil er sie über sein Horoskop zu erkennen glaubte und sich danach verhielt.

Nebenbei bemerkt: Wie wir bereits wissen, ist Herr K. auf dem Lande geboren worden, auf einem Haufen Kartoffelstroh während der Kartoffelernte. Konrad K. verlebte auf dem Bauernhof eine gesunde Kindheit und

Jugend, wie er von sich sagte, allerdings ohne größere Höhepunkte – bis auf den Milchunfall. Was ihn damals hauptsächlich faszinierte, waren die Bauernweisheiten, die er so lange verfolgte, bis er erkannte, ob sie zutreffend waren oder nicht. Zwei dieser Weisheiten waren ihm im Gedächtnis geblieben:

> Ist die Gülle erst im Boden,
> schwell'n dem Rammler stets die Hoden;
> dann legt der Knecht die Flinte an,
> damit die Häsin fliehen kann;

und zweitens:

> Wenn der Bauer auf der Fiedel geigt,
> der Hahn viel flotter auf die Henne steigt.

Und er erinnerte sich noch gerne an die allgemeine Harmonie im Schweinestall. Nur einmal hätte es Stunk gegeben, als der Eber – böse Blicke auf seine nebenan, von ihm getrennt untergebrachte und quiekende Ferkel werfende Sau – sich äußerst grimmig benommen habe, und das eine Woche lang. Des Knechtes damalige Erklärung: Der Eber war missgestimmt, als er sah, dass alle seine Kinder Schweine waren.

Zu Herrn K.s Horoskopauswertungen: Summierte sich die planetarische und interstellare Tendenz zu allerlei Unannehmlichkeiten auf über sechzig Prozent der Voraussage, was leider nicht selten der Fall war, so war für Herrn K. der Tag gelaufen. Filterte er sogar die Empfehlung heraus, geschäftliche Unternehmungen auch am Abend ruhen zu lassen, weil ein ungünstiger Marsaspekt, durchkreuzt von den halbseidenen Strahlen der Venus, dazu riet, dann ließ er auch die abgesprochenen Termine in den späten Abendstunden sausen. Hatte er den erweiterten Horoskopen zusätzlich entnommen, auf Grund einer überforderten Pluto-Merkur-Tendenz, die bis in den Aszendenten der Jungfrau hineinstrahle, Menschen, von denen er abhängig sei, weit aus dem Wege zu gehen, dann lag seine Willenskraft auch noch am Folgetag am Boden. Blieb er in dieser Zeit nicht im Bett und las die Fahrpläne der hamburgischen S-Bahn, dann saß er mit trübsinnigem Gesicht ziemlich lange in der Kneipe und konnte sich noch nicht einmal daran erfreuen, wenn jemand, demoliert vom Schnaps, vom Hocker gefallen war.

Nun, nach dem Gesetz der so genannten großen Zahl, welches auch in Sachen Voraussagen gilt, ließen für ihn positiv gehaltene Horoskope nicht allzu lange auf sich warten. Die Horoskopbetreiber wissen nämlich sehr genau, dass sie ihren Gläubigen auch positive Voraussagen schuldig sind, weil sie sonst niemand mehr liest. Diese positiven Horoskope versetzten unseren Herrn K. dann in eine erwartungsfrohe, nicht mehr zu überbietende Hochstimmung. Sehen wir uns als Auslöser eine Horoskopzusammenfassung Herrn K.s einmal an: Sie sind heute und in den nächsten Tagen mächtig obenauf. Kosmische Impulse wie auch Sternschnuppen, angetrieben von einer Sonneneruption in Verlängerung des abnehmenden Mondes, machen Sie wach, treiben Sie zu Höchstleistungen und somit zu Erfolgen. Und die Tatsache, dass sich Neptun bei seinem Vorhaben, Saturns Scheibe aufzuspießen, einen Zacken aus der Krone brach, kann nur zu Ihrem Vorteil gereichen. Zudem ist das alles unbeeinflusst vom Wassermann, heute jedenfalls, der mit einem dreidimensionalen Aszendentaspekt – übrigens schwer zu handhaben – irgendwo im Weltall hinter der Leier her ist. Und vom Pluto geht augenblicklich auch keine Gefahr aus, denn der hat unsinnigerweise die Bahn des Uranus gekreuzt. Dadurch ist er, wenn auch nicht dramatisch, in eine falsche Richtung geraten und hat nun einige Mühe, wieder seinen angestammten Platz zu erreichen. Ihr Sternbild, lieber Sternbildinhaber, ist somit allen Tendenzen zufolge bis zur einsichtigen Vollendung stimuliert worden. Aber trotz aller Positivposten: Achten Sie unbedingt auf Sternschnuppen beim und im Verkehr.

Nun hätte man Herrn K. folgen sollen, wie er sich ins Zeug legte, loshetzte, potentielle Kunden ~~bedrängte und anmachte~~ ansprach, mit ihnen plausibelte, sie überzeugte, Anträge dokumentierte und sie sofort unterschreiben ließ. Nein, man hätte ihm nicht folgen können, er brauste wie ein Sturmwind durch Stadt und Land.

3. Kapitel

Herrn K.s zwei Seiten seiner Beratungs- und Verkaufsgespräche, nämlich emotional, ja aggressiv einerseits – glücklicherweise nicht überwiegend –, zuvorkommend, freundlich, gewinnend andrerseits, konnte weder der Herr Gebietsleiter noch sonst jemand ändern, oder, ja, was soll man sagen, neutralisieren. Herr K. sah die Menschen eben mit seinen Augen, erfasste deren Charakter mit seinem Gehirn und verfuhr mit diesen Charakteren nach seiner Natur. Wie zuvor beiläufig erwähnt, ließ der Herr Gebietsleiter ihn schalten und walten, nur sporadisch traf er mit ihm zusammen, wenn dienstliche Belange es erforderten.

Die Zahl seiner ihm unsympathischen Kunden machte etwa ein Viertel aller von ihm Besuchten aus. Nach wie vor geriet er schnell in Harnisch, wenn er der Ansicht war, nicht nur einen großmäuligen Kunden vor sich zu haben, sondern, und das wurmte ihn am meisten, einen uneinsichtigen. Aber auch Gegenüber, die im Laufe von zwei, drei Verhandlungsstunden zu allem, was er berechnete, aufzeichnete und anbot, Ja und Amen sagten, also allem zustimmten, nur am Ende nicht, wenn Herr K. den Antrag unterschriftsreif gestaltet hatte. Dann musste Herr K. an sich halten, um nicht äußerst grob zu werden. Aber dann besann er sich seiner empfehlenden Horoskope, die, und das war ihm natürlich geläufig, ihm doch nicht alle Wünsche erfüllend in den Schoß fallen ließen. Kurz vor seinem Kundenabgang brachte er es aber auch nicht über sich, sich versöhnlich zu zeigen, auf die Drohung mit Neptuns Dreizack, der scharfen Scheibe der Saturn oder mit interstellarem Steinschlag zu verzichten. Andrerseits verfasste er seinen Unmut auf derartige Weise, dass der zuvor allem zugestimmte Kunde sich nicht beleidigt oder veralbert fühlte. Und ganz am Schluss verabschiedete er sich nie ohne besänftigende, ja spaßige Worte, die alles wieder ins Lot brachten – natürlich nicht ausnahmslos. Doch wollen wir eine dieser Ausnahmen, um den Ablauf nicht zu stören, erst später näher betrachten.

Überschlägig gesehen verstand es Herr K., die meisten Kunden, sofern ihm nicht Widerwillen zu schaffen machte, von Anfang an auf seine Seite zu ziehen. Einen großen Auftritt sah er darin, am Ende mit spitzbübischem Humor alles Negative dieses Erdendaseins aus seinen zuvor dunklen und beängstigenden Darlegungen zu nehmen und ein Wohlstandsleben im Alter in den heitersten Farben zu malen. Denn schließlich galt es, entsprechend der Schlussgrundsätze aus dem Verkaufstraining die Unterschrift unter einem Versicherungsantrag zu bekommen. Kürzlich beruhigte er auf diese Weise einen Kunden, der seine Erben in spe verdächtigte, nach seinem Ableben, womöglich noch weit vor Erreichen seines Rentenalters, mit dem Ererbten ein Leben wie Gott in Frankreich zu führen. „Die warten doch nur darauf", hatte er gegrollt, „dass ich möglichst schnell den Löffel abgebe."

„Da muss ich mich wohl wiederholen!", schallte daraufhin Herr K.s forsch-fröhliche Erwiderung über den Tisch hinweg, „Ihre Lebensversicherung bedeutet, wie ich bereits anführte, längst nicht nur eine Hinterbliebenenversorgung, sondern für Sie eine hervorragende finanzielle Unabhängigkeit im Alter. Das ist doch das Fabelhafte an der Sache. Eventuell sind Sie bis dahin Witwer." Dann lehnte er sich zurück, legte den Kopf etwas schief, dadurch das sich aufbauende Vertrauensverhältnis betonend, und erklärte jovial:

„Wir beide sitzen hier allein, haben keine Zuhörer. Da möchte ich Ihre Bedenken mit Blick auf Ihre Erben nicht ganz als abwegig hinstellen. Mein Tipp also: Schauen Sie sich unauffällig jedes Getränk, jede Art von Speisen genau an, sie könnten vergiftet sein. Sie erkennen eine Giftbeimischung an der Farbe der Ihnen servierten Sachen. Wird Ihnen beispielsweise eine Tasse Kaffee mit Sahne vorgesetzt, und der Inhalt weist grünblaue Streifen auf, dann ist der Kaffee vergiftet. Es könnte aber auch sein, dass die Sahne zu lange im Warmen gestanden hatte, also einen Stich bekam.

Und was andrerseits Ihre Situation im Rentenalter betrifft, da gebe ich Ihnen den Rat, auch wenn Ihre gesetzliche Altersrente noch so gering ausfällt – ja, das wird sie mit Sicherheit –, möglichst noch sehr viele Jahre zu leben. Und warum? Sie können es nicht wissen, weil es noch streng geheim gehalten wird: Nach dem Ableben eines Rentners nach seinem vierundsechzigsten Lebensjahr erhalten die nächsten Angehörigen von der Deutschen Rentenversicherung eine dicke Prämie, die jedoch abnimmt, je länger der Rentner, also der nicht Sterbenswillige, lebt. Sehen Sie, auch auf diese zusätzliche Weise können Sie Ihren Erben eins auswischen. Auf Giftanschläge sollten Sie allerdings immer achten. Das Vergiften hat eine lange Tradition. Menschen zu vergiften, vorrangig jene, die etwas zu hinterlassen hatten, war in Pharao- und römischen Kaiserkreisen neben dem Erdolchen sehr beliebt; aber auch anderswo auf der Welt."

So wie bei diesem Kunden verlief es nicht selten: Der zu Versichernde, von Herrn K.s Darlegungen und Vorsehungen tief beeindruckt, unterschrieb letzten Endes und wischte sich danach, von Angst, Rührung und Dankbarkeit überwältigt, heiße Tränenspuren von den Wangen. War ein Erfolg nach obigem Muster von Herrn K. herbeigeführt worden, dann erfuhr das selbstverständlich auch der Herr Gebietsleiter, spätestens im Verlauf seiner Besprechungsbesuche. Das beweist, dass sich der Herr nicht nur über die Verhältnisse in Deutschland und anderswo auf der Welt herzumachen verstand, sondern auch verkaufsrelevante und organisatorische Dinge behandelte. Und wenn in der Folge Herr K. vom Zustandekommen seiner Erfolge und Misserfolge berichtete, dann sparte der Herr Gebietsleiter natürlich nicht mit Lob, aber auch nicht mit Tadel, wie jüngst nach einem von Herrn K. eingereichten Antrag, der in der Direktion nicht angenommen werden konnte. Herr K. hatte einem ehemaligen Halbwilden aus dem südlichen Feuerland, hierzulande seit einigen Monaten Hartz-Vier-Empfänger, eine Hagelversicherung verkauft. Der Mann war im Besitz zweier Blühpflanzen der Sorte Vergissmeinnicht, die Herr K. im Nachhinein selbst für ihn unverständlichem Übereifer als versicherungswürdig angesehen hatte. Die Hagelversicherung gehe ihn nichts an, lautete die Mahnung in seiner Direktion.

Nach der mehr oder weniger intensiven Beschäftigung mit Herrn K.s doch recht schwierigem Broterwerb, seinem geschäftlichen Hin und Her, beziehen wir nun so allmählich, gewissermaßen aus Gründen der Entspannung, auch seine private Seite mit ein. Für viele wird das Wissen über das andere Leben des Herrn K., auch wenn es sich nur um einen relativ kleinen Ausschnitt handelt, ein noch besseres Verstehen seiner aufrichtigen Wesensart bedeuten. Zwar war Herr K. noch in der glücklichen Lage, Junggeselle zu sein, aber nichtsdestoweniger an der Weiblichkeit interessiert, vor allem an der etwas älteren. Er mochte den mütterlichen, dennoch temperamentvollen Typ. Doch eine von den Frauengestalten ähnlicher Machart zu finden, nach Hause zu schleppen und möglichst dauerhaft ~~festzunageln~~ an sich zu binden, hatte sich bisher als ebenso schwieriges, aufreibendes Unterfangen bewiesen wie die reine Kundenwerbung. Seine letzte Liaison mit der fortgelaufenen Gattin eines alternden Direktors der Konkurrenz hatte nur acht Tage gehalten. Das war ausgerechnet in Herrn K.s hoher Zeit der Sterndeutung und Horoskop-Auswertungen. Die aufgebrachte Dame hatte sich von ihm mit den Worten verabschiedet, es bis zur Gurgel hinauf leid zu sein, dass ein Mann des Nachts oft am Schlafzimmerfenster stehend Sternschnuppen betrachte, nie hingegen einen Schnupperstern auf der Lagerstatt. Das sei doch ebenso eine Macke wie die ihres standesamtlich Angetrauten, der ernsthaft glaubt, dass die von seinem Außendienst monatlich eingebrachten Lebensversicherungssummen addiert die Endsumme seines Gehalts sei (pro Monat etwa zwei Millionen Euro).

Nun ja, die Frau kehrte, vorweggesagt, in die Arme ihres weiter nichts als überarbeiteten Gatten zurück. Der hatte sich unterdessen auf gewissem Rat hin in die

Obhut eines Psychiaters begeben, bei dem ihm seine Wahnvorstellungen bereits nach der zweiten Sitzungsstunde wie Schuppen von den Augen fielen. Denn der Gemütsbehandler behauptete, die Millionenbeträge seien tatsächlich der Gehaltsanspruch, den der Direktor umgehend einklagen sollte. Nach diesen Beträgen rechnete sich der Psychiater sein Honorar aus. Die nachmalige Nennung dieses Betrages hatte in dem Direktor plötzlich einen derben Erleuchtungsschock ausgelöst. Und nachdem bei ihm wieder Ruhe in Kopf und Glieder eingekehrt war, mutmaßte er, dass da irgendetwas nicht stimmen könne. Dass er unsinnige Gehaltssummen einfordern wollte, war ihm etliche Tage zuvor gar nicht zu Bewusstsein gekommen. Also verwarf er die ganze Sache und sagte sich nur noch: „Irgendwie war ich bekloppt, oder ich bin es noch – oder der Psychiater." Und da er keinerlei Skrupel entwickelte, abzuwägen, wer von ihnen beiden denn nun bekloppt sei, schob er den Verdacht dem Psychiater in die Schuhe und zahlte letztlich auch keinen Cent Honorar. Stattdessen ließ er sich bald wieder in seine Dienststelle fahren und vertrug sich auch wieder mit seiner Frau. Nach einem längeren Ferngespräch ließ er seinen Vorstand dergestalt aktiv werden, indem der stellvertretende Vorsitzende dem Psychiater mittels Einschreiben aufforderte, sich seinerseits einer psychiatrischen Behandlung zu unterziehen. Doch leider konnte der Psychiater der Aufforderung nicht nachkommen. Aus Gram über sein entgangenes Honorar hatte er sich mit einer Pistole in den Fuß geschossen, worauf ihn die Besatzung eines Ambulanzwagens der Unfall-Chirurgie des nächstgelegenen Krankenhauses zuführte. Und nachdem das Loch in seinem Fuß operativ abgedichtet worden war und er in sein Patientenzimmer geschoben wurde, empfingen ihn dort zwei Polizeibeamte in Zivil – wegen der Sache mit der Pistole, vermutlich wegen unerlaubtem Waffenbesitz oder so. Der Kopfschuss, der es hatte sein sollen, war fehlgeschlagen. Ein durchlöcherter Fuß ist, wie der Mensch alltagssprachlich sagt, aber auch nicht gerade von Pappe.

4. Kapitel

Lassen wir nun ein weiteres Jahr ins Land gehen. Alltagshetze, Alltagsprobleme, ausgehend von psychologisch beeinflusster Verkaufsstrategie, von Horoskopauswertungen und Kneipenhockerei hatten Herrn K. nicht zermürben können, im Gegenteil. Er war bedachter geworden in seinen Handlungsweisen, aber immer noch nicht beständig frei von emotionalen Anwandlungen.

Gewöhnlich arbeitete Herr K. fleißig, bewältigte seine sich selbst gestellten Aufgaben und Aufträge ordentlich. Und standen nach Horoskopen trübe Tage bevor, dann sprach er auch mal dem Bier zu. Auch das bewältigte er ordentlich, wobei es hin und wieder nicht ausblieb, dass Korn und Bier ihn bewältigten.

Dann kam die Wende. Plötzlich war er mit seinem Lebens- und vor allem Arbeitsrhythmus nicht mehr einverstanden. Von einem Tag zum andern verwarf er alles, was ihn bislang angeblich beflügelt hatte. Plötzlich bezweifelte er das, was er für hilfreich angesehen hatte. Horoskopgläubigkeit und Einbildung waren es, denen er ausgesetzt war. Er bestellte alle Zeitungen und Zeitschriften ab, fügte sich wieder normal in die Alltage ein und absolvierte gleichmäßig und mit unvermindertem Arbeitsfleiß sein tägliches Besuchs- und Beratungspensum. Mit dem immer noch andauernden Rauf und Runter, das er auch während seiner Horoskopverwicklungen über sich ergehen lassen musste, ging er wesentlich gelassener um. Er glaubte an das Gesetz der großen Zahl, womit übrigens jedermann richtig liegt, wenn die Tage ausgefüllt werden mit eifrigem Schaffen.

Nun zu Herrn K.s Privatleben, auf das an früherer Stelle bereits hingewiesen worden ist.

Nach der wohl nicht mehr erwähnenswerten Geschichte mit der Direktorengattin waren die Tage des Herrn K. auch weiterhin dermaßen von Horoskopen beeinflusst gewesen, dass er sich keine Zeit gegönnt und somit auch keine Möglichkeit hatte, sich nach einer Frau umzusehen. Doch allmählich wurde er des Alleinseins überdrüssig. Und als er noch ernsthaft nach Möglichkeiten suchte, eine ihm genehme Weiblichkeit aufzuspüren, sie auf sich aufmerksam zu machen und dann die Chance sich nicht entgehen zu lassen, sie zu packen und eventuell vor den Traualtar zu schleppen, da war das Suchen und Anpirschen bereits so gut wie erledigt. Nicht er, der Frauenanpirscher in spe, konnte sich eine Eroberung auf die Fahne heften, sondern eine Frau war es plötzlich, die ihn kurzerhand eroberte, eine, die Herr K. bereits kannte, sie aber nicht auf seinem Wunschzettel vermerkt hatte, da sie ihm unerreichbar schien. Und wie war dieses dann getroffene Bündnis zustande gekommen?

Zu den Ausläufern von Herrn K.s Vertreterbezirk, nur wenige Kilometer nordöstlich der Großstadt, gehörte auch ein kleiner, zwischen Autobahn und Bundesstraße gelegener Ort, der seinen dörflichen Charakter bewahrt hatte. Gelegentlich jammerte dort die Altgeneration früheren Zeiten nach, als hier, wie in allen Dörfern, neben bäuerlichen Höfen noch fast alle möglichen handwerkliche Betriebe im Gange waren; doch Supermärkte und privater Autobesitz hatten ihnen schnell die Arbeits- und Lebensgrundlagen entzogen. Geblieben war der dörfliche Charakter mit modernisierten Bauernhöfen; das allgemein Geruhsame; die Idylle zwischen den Hauptverkehrswegen; der liebliche, anheimelnde Geruch nach Jauche. Und im Winterhalbjahr, wenn an frostigen Tagen frische Misthaufen ihren Duft verwehten, erlagen die tief einatmenden Dörfler ihren ausgeprägten Heimatgefühlen. Und dann waren noch die alte Gastwirtschaft geblieben und die Freiwillige Feuerwehr; dann ein so genannter gemischter Chor, ein Fußball-Klub sowie noch einige andere nützliche Einrichtungen, wie beispielsweise eine Hundebesamanstalt. Abgeschafft wurde im Übrigen schon vor etlichen Jahren der Gemeindeziegenbock, dessen Ausdünstung je nach Windeinfall den Geruch der Misthaufen bei weitem übertraf. Alle Dorfbewohner, die den Misthaufengeruch vorzogen, hatten die Versetzung des Ziegenbocks in den Ruhestand begrüßt, nicht aber der Ziegenbock selbst. Einen Naturschutzverein gab es nicht, denn Igeln, Kröten und Spitzmäusen stellte niemand nach, das heißt, sie wurden nicht verfolgt. Der Wachtelkönig war in dieser Gegend dtreng geschützt, zu Gesicht bekommen hatte ihn aber noch niemand. Käuze und größere Eulen wurden ebenfalls in Ruhe gelassen, da sie Mäuseplagen verhinderten. Den bäuerlichen Katzen war das egal. Nicht wegzudenken war auch die Kirche des Dorfes, deren jahrhundertealten kühlen inneren Muff kein Einheimischer hätte vermissen wollen. Und gleich dazu erwähnenswert: Der bereits ins Alter gekommene, aber immer noch äußerst rüstige Pastor, üblicherweise von der Kanzel herunter unmoralischen Lebenswandel anprangernd, vor allem den teuflischen Alkohol verdammte, war auch Vorsitzender des Fußballvereins und Trainer der ersten Herrenmannschaft; eine zweite hingegen war mangels Spieler nicht aufstellbar.

Nach jeder Niederlage der sportlichen Herren – an den letzten Sieg, zu Hause oder auswärts, konnte sich niemand mehr erinnern – zogen sie, der Herr Pastor mit Ball und Vereinsfahne voran, in das Gasthaus und ~~besoffen~~ feierten sich. – Dieses Dorf und besonders die Gastwirtschaft kannte Herr K. recht gut. In das Gasthaus kehrte er oft und gerne ein, weil er nicht nur die

seit Langem geschiedene, kinderlose, gemütlich, dralle Wirtin lebens- und krankenversichert, sondern zugleich auch ein Auge auf sie geworfen hatte. Insgeheim malte er sich oft ein Zusammenleben mit ihr aus, war ihr, um ihr den Hof zu machen, aber niemals nahe gekommen; nein, nicht, um den Hof hinter ihrer Gastwirtschaft säubern zu dürfen, sondern sie zu umwerben, sie, die dralle Wirtin. Ihm schien aber auch, die um fünf Jahre ältere Dame sei an einem grundsätzlich neuen Verhältnis nicht interessiert, hinter keinem Manne her, schon gar nicht hinter ihm. Andrerseits wäre es ihm nach einem entsprechenden Antrag – hier setzte seine Burschikosität seltsamerweise aus – sehr peinlich gewesen, sich eine Absage abzuholen.

Ja, und dann? – Wilma, so hieß die Wirtin, hatte dem überraschten Herrn K. an einem Juninachmittag – ihre Gaststätte hatte sie noch nicht geöffnet; sie hatte ihren Mittagsschlaf gerade beendet – die Frage gestellt, warum er immer noch ledig sei, obwohl es bei seinem ordentlichen Äußeren und einträglichen Beruf doch keines besonderen Kunstgriffes bedürfe – ja, so formulierte sie das –, für sich eine Frau zu gewinnen. „Nun ja", hatte sie hinzugesetzt, „ledig hin, verheiratet her, heutzutage achten sehr viele Menschen peinlichst darauf, nicht zu heiraten – die Gründe sind ja hinreichend bekannt, nicht wahr, lieber Herr K.? Ich bin überhaupt nicht neugierig, aber eine Freundin werden Sie doch sicherlich haben."

Herr K. fand es merkwürdig, dass die Wirtin, die ihm gegenüber am Tisch Platz genommen hatte, auf zwischenmenschliche Dinge zu sprechen kam. Gewiss, vor einigen Monaten hatten sie sich infolge der Versicherungsgespräche und der Phase des näheren Kennenlernens über ihren jeweiligen familiären Status offenbart, wie das oftmals üblich ist. Man spricht dann nicht nur von Versicherbarkeiten, sondern auch über dies und das. In Herrn K. regte sich auch jetzt keinerlei Argwohn, als Frau Wilma plötzlich auf seinen privaten Status zu sprechen gekommen war, und er gedachte, diese Sache mit einer kurzen Antwort auch erledigt zu haben. Er sah keinen Grund, das Thema Zusammenleben oder Partnerschaft zu vertiefen, noch dazu, wo er seine Chance als aussichtslos bewertete, in Frau Wilma irgendetwas auslösen zu können. Also antwortete er, noch keine Möglichkeit wahrgenommen zu haben, einem weiblichen Wesen in eindeutiger Absicht zu begegnen. Dabei betrachtete er seine vor sich auf dem Tisch gefalteten Hände, so als habe er sie lange nicht gesehen. Augenblicklich erschrak er dann, als in seinem engen Blickfeld eine etwas grobe Frauenhand auftauchte, sich vorsichtig seinen immer noch gefalteten Händen näherte und sich auf ihnen niederließ. Ja, was sollte denn das bedeuten? Völlig verschüchtert, dennoch Morgenluft witternd, hob er das rote Gesicht und wagte einen Blick in Frau Wilmas mild dreinschauende nordisch blaue Augen, wobei sie den Kopf wie demutsvoll leicht zur Seite geneigt hielt, ein Anblick, der dem im Grunde sehr sensiblen Herrn K. einen Seufzer entlockte, den Frau Wilma in ihrem tiefsten Innern aufnahm und richtig zu deuten glaubte. Das nutzte sie aus, indem sie Herrn K.s Hände keine Gelegenheit gab, sich dem nun stärkeren Druck zu entziehen. Das wiederum hatte zur Folge, dass er die rote Hitzewelle in seinem Gesicht unangenehm spürte. Doch allmählich verblasste die Röte, weil ihm eingefallen war, für Frau Wilma inzwischen ein spezieller Freund des Hauses geworden zu sein, ein Verhältnis, wie sie es fraglos mit vielen aus dem Dorfe pflegte. Nun wird sie, die immer noch schweigend und in gleicher Haltung und Manier in seine Augen sah, als lese sie daraus etwas Besonderes, ihre Hand zurückziehen. Das dachte er – aber Frau Wilma zog nicht zurück. Stattdessen öffnete sie den Mund, und er bekam zu hören: „Ich möchte Sie fragen, mein lieber Freund – ach, ich wollte das schon seit langem –, ob es Ihre Zeit erlaubt", und sie verstärkte ihren Händedruck ein wenig, „ob es Ihre kostbare Zeit erlaubt, mir gelegentlich eine Hilfe zu sein, zum Beispiel bei Familienfeiern, Feuerwehrfesten, und wenn der Pastor mit seinen Fußballern hier einfällt – und so weiter und so fort."

Nun schlug sie, wie es nur einer Frau möglich ist, die etwas im Schilde führt, schüchtern, und wie Mitleid erheischend die Augen nieder und säuselte: „Bitte verstehen Sie mein Anliegen nicht als dreiste Frechheit, aber ich habe nun mal großes Vertrauen zu Ihnen. Ich fühle mich, deutlich gesagt, zu Ihnen hingezogen von einer unsichtbaren Kraft. Verstehen Sie das ...?"

Jetzt zog sie ihre Hand von Herrn K.s Händen zurück und wartete auf Antwort. Doch schien es, als hätten ihre Wünsche, denn um solche handelte es sich, vorerst Herrn K.s Stimme verschlagen. Zwar bewegte er die Lippen, aber es kam kein Wort über sie. Bei der Frau Wirtin war das anders. „Wenn es Ihre Zeit aber nicht erlaubt", flötete sie nun, „oder ich Ihnen nicht...", *gefalle,* wollte sie sagen, besann sich aber schnell, „genehm bin, dann lassen wir es eben und ich suche mir eine Kraft hier für mein Gasthaus..."

Herr K. hatte plötzlich seine Stimme wieder. „Das wäre nun wirklich nicht nötig", fiel er ihr ins Wort, heftig und bebend, so als hätte ihm jemand plötzlich ein Füllhorn mit angenehmen Dingen entzogen, und er versprach, unvermindert heftig, alles daranzusetzen, um ihr so oft wie möglich zur Seite zu ~~liegen~~ stehen und alle ihre Wünsche zu erfüllen.

Wünsche erfüllen, das nahm Frau Wilma hellwach auf. Nein, nicht die Sterne vom Himmel holen lassen, das war etwas für junge Traumtänzer. Für sie stand das Wünschen schlicht und einfach für etwas Reelles, Machbares. Im Augenblick war es für sie das Stichwort, gleich einen zweiten Wunsch an den Mann zu bringen.

„Und um weiterhin offen und ehrlich zu Ihnen zu sein", jetzt schlug sie nicht die Augen nieder, sondern legte in ihren Blick dermaßen Forderndes, was Herrn K. durchaus hätte veranlassen können, eine Leiter aufzustellen, um Frau Wilma tatsächlich die Sterne vom Himmel zu holen. Andrerseits wäre das natürlich völlig abwegig, erstens aus bekanntem Grunde, zweitens, weil eine seltsame Schwäche seine Glieder befiel. „Also, um offen zu sein", wiederholte sie, nun nicht mehr hilflos schüchtern, „und weil ich es mir wünsche, so käme es mir sehr gelegen, und Ihnen vielleicht auch, wenn Sie mir nicht nur hin und wieder zur Hand gingen, sondern Ihre Wohnung aufgeben und bei mir einziehen würden. Und damit sich die Leute hier im Dorfe nicht das Maul zerreißen wegen wilder

Ehe und so – im Grunde genommen verstehen wir uns aber alle sehr gut –, füge ich hiermit einen Heiratsantrag hinzu." Und nachdem das letzte Wort verklungen war, verschärfte sie noch ihren durchdringenden Blick und sagte, unverkennbar für Herrn K. ein mitausschlaggebender Gesichtspunkt: „Und Mietkosten fallen für Sie dann auch nicht mehr an."

Nach dieser ergreifenden Angebotsrede ergriff sie, dieses Mal beidhändig, Herrn K.s immer noch auf der Tischplatte gefaltenen Hände, worauf Herr K. erneut seine Lippen bewegte, erneut ohne ein Wort herauszubringen – aber das musste er auch nicht.

„Ist das nicht ein anständiges Angebot?" Frau Wilma gab sich selbstsicher und resolut, und Herr K., jetzt wieder rot bis hinter beide Ohren, brachte als Antwort tatsächlich und brav nur ein Kopfnicken zustande.

Frau Wilma, nicht nur nach Wahrnehmung des Kopfnickens, sondern auch beim Anblick ihres Gegenüber überzeugt, dass dieser zu einer Ablehnung ihres Antrages gar nicht fähig sei, beendete die Sache auf ihre Weise, strich sanft über seine Hände und hauchte: „Na ... du ...?" – Und so kam es, dass der Standesbeamte Korte, übrigens zugleich Bauer, Bürgermeister und Feuerwehrhauptmann, bald darauf Frau Wilma als Frau K., geschiedene Frau L., geborene Frau M., ins amtliche Buch einschrieb.

Es ist Wilmas Wunsch gewesen, die Hochzeitsfeier auf einen einzigen Tag zu beschränken, ohne Brautkleid und Schleier, und, da sie bereits einmal kirchlich getraut worden war, auf das Kirchliche zu verzichten. Der Herr Pastor hatte dem sofort zugestimmt und mahnend erklärt, dass der liebe Gott es ohnehin nicht gerne sehe, wenn geschiedene Leute vor dem Altar nochmals gelobten, sich beizustehen – und wer weiß, was noch alles – und zu lieben, bis dass der Tod sie scheide. Der liebe Gott halte davon überhaupt nichts, und deshalb freue er sich über Wilmas Entschluss. „Es ist ja so, liebste Wilma, der alte Herr würde sich ja an den Kopf ticken, und da wollen wir nun wirklich nicht die Ursache sein. Immerhin hat er mit vielen anderen Dingen, die ihm nicht gefallen, also vielen, die ihm schon seit Langem auf den Geist gehen, schon genug um die Ohren."

Zur Hochzeit war, mit und ohne Einladung, eine große Schar Alteingesessener erschienen, darunter fast alle Bauern, Abordnungen der Freiwilligen Feuerwehr, des gemischten Chores, die Fußballmannschaft samt einem Ersatzspieler. Dann fiel auch eine gut genährte, mittelgroße Dame auf, mit blond gekrauster Perücke und einem Antlitz, das dem eines Buckingham-Mopses nicht unähnlich war; es handelte sich um die Inhaberin der Hundebesamstation. Und da die Dame wusste, dass Großbauer und Bürgermeister Korte zu fast allen Veranstaltungen seinen eingebildeten Jagdhundrüden mitnahm, war sie ohne Vierbeiner erschienen.

Natürlich konnten Wilmas Galaräume und der Saal die Menge der Gäste nicht aufnehmen, sodass Wilma auf dem kleinen Platz hinter dem Gasthaus Klapptische und -bänke hatte aufstellen lassen. Glücklicherweise war der Sommertag trocken und warm. Die Angehörigen des Chores sangen sich, mal drinnen, mal draußen, die Kehlen wund, bis sie später nur noch plärrten:

„Nach Hause, nach Hause, nach Hause gehn wir nicht, bei Wilma brennt noch Licht ...", und das immer so lange, bis das Geheule von Kortes Jagdhund nicht mehr zu ertragen war. Nach jedem Volkslied versuchte die gequälte Kreatur abzuhauen, was Korte aber zu verhindern wusste.

Und dann darf die Fußballmannschaft samt Pastor nicht unerwähnt bleiben. Bevor die Kicker das Gasthaus betraten, versammelte der Pastor seine Mannen um sich und mahnte sie eindringlich, mit Bier und Korn maßvoll umzugehen, maßloses Trinken schädige nicht nur die Gesundheit, sondern auch und das Ansehen der ganzen Mannschaft.

Drei Stunden später kamen der Kirchenküster und der schmalbrüstige, schielende alte Eugen ihrer Verpflichtung nach, den Pastor in den vor dem Hause stehenden Handwagen zu verfrachten, ihn bis vor das Pfarrhaus zu bugsieren und ihn dort der Pastorengattin zwecks weiterer Behandlung zu überantworten. Bevor der Pastor in den Handwagen geklemmt worden war, stand er schwankend, umringt von seinen ebenfalls schwankenden Fußballern, in der Mitte der Gaststube, Gesicht und die jeweils ein Bierglas umklammernden Hände himmelwärts gestreckt, wobei er gerade noch seinen Schlussakkord unter die Saaldecke schmettern konnte:

„NEHMEN IST SELIGER DENN GEBEN! HALLELUJA!" Dann knickten ihm die Beine weg.

Der Beifall war noch nicht ganz verrauscht, da standen der Küster – auch nicht mehr der Jüngste – und Eugen auch schon parat, leerten ihr Bierglas und packten zu.

Der Handwagen stand im Sommerhalbjahr ständig vor dem Gasthaus, auf der Ladefläche zwei Kübel mit gelbem und rotem Blumenrohr. Unmittelbar vor Vereinsfesten ließ Frau Wilma die Kübel vom schielenden Eugen vorübergehend in Sicherheit bringen, wofür ihm ein Bollerwagen zur Verfügung stand.

5. Kapitel

Nachdem sich Herr K. mit seiner neuen Situation angefreundet und seine bisherige Wohnung aufgegeben hatte, war Wilmas Gasthaus auch Ausgangsort seiner Kundenbesuche. Seine Versicherungstätigkeit aufgeben und sich nur noch als Gastwirt zu bemühen, kam für ihn nicht in Frage; und Frau Wilma, das zusätzliche Einkommen im Auge, war selbstverständlich damit einverstanden. Ansonsten war sie es nach wie vor, die im Gaststättenbereich und seit ihrer Neuverehelichung auch in privater Hinsicht das Sagen hatte. Sie setzte für ihren Mann den Wochendienstplan auf, nämlich, wann er zu welcher Tageszeit seine geschäftlichen Dinge in seinem speziell dafür eingerichteten Büroraum im Gasthaus zu erledigen hatte, und als letzte Instanz stimmte sie auch den wahrzunehmenden Kundenterminen zu oder ließ sie, je nachdem, was vorrangig bewältigt werden musste, verschieben. Für Herrn K. war das angenehm. Er hatte wenig zu entscheiden und brauchte sich über nichts zu sorgen. Lief sein Geschäft mal nicht so gut, dann lief es in der Gaststätte umso besser, umgekehrt oder gleichermaßen. Und ihm war klar geworden, dass ein Mensch ohne Sorgen nur selten krank wird und ein hohes Lebensalter erreicht, es sei denn – er stirbt vorher.

Der Herr Gebietsleiter ließ sich gern im Gasthaus blicken, lobte oder tadelte nach wie vor, weil das nun einmal zu seinen Aufgaben zählte. Das Loben beflügelt einen Mitarbeiter, das Tadeln, kollegial vorgebracht, bewirkt das in der Regel ebenfalls.

Auf Herrn K.s Versicherungswirken wollen wir aber noch nicht zurückkommen, dafür ihn eine Weile in seiner neuen Umgebung beobachten, ob nicht von dort aus das eine oder andere erwähnenswert ist. Über das sogenannte normale Leben in Stadt und Land, nämlich das, was jedermann darunter versteht, es selbst gestaltet und erfährt, wird es sich niemals lohnen, medienmäßig darüber zu berichten. Wesentlich interessanter ist es, wenn über Mord und Totschlag berichtet werden kann, oder wenn ein hochgradig Prominenter in der Wäschekammer eines Luxushotels die Handtuchsortiererin des Hauses geschwängert hat. Nein, aus einem kleinen Dorfe, in dem Herr K. sein Glück und Zuhause gefunden hat, sind derlei Abarten des menschlichen Daseins kaum zu erwarten. Mord oder Totschlag muss hier nicht unbedingt abwegig sein, das Schwängern einer Handtuchsortiererin sehr wohl, da es in dem Dorf kein Hotel gab, folglich auch keine Handtuchsortiererinnen und keine übernachtenden berühmten Männer. Aus solch einem Dorfe wird von Jubiläumsfesten der Vereine sowie Besonderheiten am Rande des Alltags, die nur die Menschen der jeweiligen Region interessieren, berichtet; und das erledigt die Regionalpresse der Kreisstadt. Über Herrn K. hatte die Regionalpresse bisher nichts zu berichten, da er nichts anderes als ein unbescholtener, fleißiger und gesunder Durchschnittsbürger war. Dennoch kam er im zweiten Sommer nach seinem Einzug in Wilmas Gasthaus ins Gerede, wahrscheinlich auch über die Dorfgrenze hinaus. Nein, Dramatisches war von ihm nicht ausgegangen, nur eine dem Ehefrieden abträgliche Begebenheit, die zwar die kleine Welt des Dorfes amüsierte und für Gesprächsstoff sorgte, dem Rest der Welt aber höchstens ein müdes Achselzucken abgenötigt hätte, wenn überhaupt.

Herr K., inzwischen selbstverständlich von allen Dorfbewohnern sehr geschätzt, war der Inbegriff eines untadeligen Mannes. Sich diese Wertschätzung zu bewahren, fiel ihm überhaupt nicht schwer, da, wie oben bereits erwähnt, er seinem ungekünstelten Wesen nur zu folgen brauchte. Obwohl er an der Quelle saß oder stand, nämlich hinter der Theke, hatte ihn noch kein Gast mehr als zwei Glas Bier trinken sehen, was zweifellos als eine Tugend anzusehen war und von großer Selbstbeherrschung zeugte. Und Frau Wilma fühlte sich verantwortlich, dass diese Tugend nicht unterbrochen wurde. Denn ein Mann konnte, Selbstbeherrschung hin oder her, sehr schnell vom geraden Weg abkommen, das wusste sie sehr genau.

Nun war seit etlichen Tagen auffallend, dass ihr Gatte ein selten heiteres Gemüt an den Tag legte, mit den Gästen übermäßig scherzte und sich ziemlich aufgekratzt verhielt, gesteigert dann, wenn sich seine Frau nicht in der Gaststube aufhielt, Frau Wilma aber es dennoch mitbekam („Wilma, was hast du doch für einen lustigen Mann."). Ging sie hautnah an ihn heran, dann gewahrte sie keinerlei Veränderung am Verhalten ihres Mannes, der dann, grinsend, aber zurückhaltend, die Biere zapfte. Und riechen konnte sie irgendeine Veränderung auch nicht, da ihr Geruchssinn von Geburt an nicht sonderlich ausgeprägt war.

Nun war Frau Wilma nicht so naiv und schlicht einzustufen, dass ihres Mannes zwischenzeitliche Heiterkeiten bis hin zu albernem Benehmen, wie gesagt, auch ihr nicht verborgen blieben und ihr zu denken gaben. Nein, ihn darauf anzusprechen, um nach der Ursache zu forschen, das wollte sie nicht, stattdessen realisierte sie nach einem Geistesblitz eine sehr ausgefallene Idee. Gewiss, ein oft heiterer, also gut gelaunter Mann ist einer Frau natürlich wesentlich lieber als ein sturer, störrischer oder auch völlig phlegmatischer, womöglich so eine Art Mensch gewordener Weideochse. Nie im Leben wäre solch ein Mann bei Frau Wilma untergekommen, Herr K., ja, der war aus einem ganz anderen Holz. Trotzdem: Die Sache mit seiner Heiterkeit, erst recht dann, wenn es dafür gar keinen ersichtlichen Grund gab, schien ihr denn doch zu merkwürdig. Was also brachte ihr der Geistesblitz? Nun, sie argwöhnte, ihr Mann könnte im Keller heimlich dem Wein zusprechen, der in zig Flaschen dort unten lagerte. Wie jedermann weiß, macht genossener Wein beschwingt und heiter. Mit ihres Konrads Dasein hielt sie es nicht mehr für nötig, sich noch selbst um die Bestände im Keller zu kümmern. Diese Aufgabe sowie erforderliche Nachbestellungen hatte sie Konrad übertragen. Diese höchst verantwortungsvolle Position schloss Weinproben generell nicht ein, da es deren nicht bedurfte. Das Probetrinken war somit auch dem Keller-Beauftragten untersagt. Und was war nun Wilmas ausgefallene Maßnahme? Hatte ihr Mann weisungsgemäß im Keller zu tun, war ihm von ihr auferlegt worden, ununterbrochen ein Liedchen zu pfeifen. Dazu sagte sie ihm, sie empfände es als angenehm, wenn sie ihn pfeifen höre, und es gebe ihr Gewissheit, dass es ihm gut gehe. Es könnte nie ausgeschlossen werden, dass er unter Umständen, falls sie nach einer gewissen Zeit keinen Mucks von ihm höre, der Schlag getroffen haben könnte und er auf dem kalten Steinfußboden womöglich still und hilflos verröchele. Nun, die Maßnahme wurmte Herrn K. sehr, aus triftigem Grund, aber er fügte sich, und Frau Wilma dachte: Wenn er zum Pfeifen ansetzt, kann er keine Flasche an die Lippen setzen.

Herr K. war ein einfallsreicher Mensch, und so sann er in einem fort, wie Frau Wilmas Weisung zu umgehen sei. „Zu umgehen ist sie kaum", sagte er sich und schien bald zu resignieren. Oft können Weisungen, Verbote, Anordnungen und Richtlinien missachtet werden bis hin zur schweren Straffälligkeit. Doch sei in seiner Angelegenheit überhaupt eine strafbare Handlung zu erkennen, wenn er versuche, Wilmas Weisung zu umgehen? Die Mahnung seines Genius, sich doch eher Gedanken über die Verwerflichkeit Vertrauensbruch zu machen als um sein zweifelhaftes Vergnügen, beachtete er nicht. Aber dann, am Ende die Ausweglosigkeit einer Weisungsumgehung klar vor Augen, entledigte er sich endlich seiner Grübeleien und pfiff weiterhin alle Volkslieder, die er von Kindheit an noch in Erinnerung hatte, zwischendurch natürlich auch den einen und anderen in ihm hängen gebliebenen Schlager. Es tröstete ihn ein wenig, dass sich seine Arbeit im Keller, wie Bierleitungen prüfen und dies und das zu sortieren und zu reinigen, nicht täglich wiederholte. Verhielte es sich so, müsste Wilma andere Maßnahmen durchsetzen, wollte er sich den Mitmenschen nicht mit einem vom vielen Pfeifen abgepfiffenen, ausgefransten Lippenpaar zeigen. Die andere Seite sah er aber auch. Denn würde er weiterhin den Bestand im Keller reduzieren, käme Wilma eines nicht fernen Tages dahinter, wenn Bilanz gezogen werden musste.

Aber nicht allzu lange, und in Herrn K.s Kopf zog der Teufel ein, sofort dafür sorgend, für ihn den roten Bordeaux, den roten Dornfelder und alle anderen Arten begehrenswerter denn je glühen zu lassen. Und der unsichtbar Geschwänzte, mit Hörnern, Pferdefuß und ~~Mistgabel~~ Seelengabel drängte Herrn K. eine Lösung auf, die ein genüssliches Trinken auch ohne das eigene Dauerpfeifen ermöglichte. Betrachten wir diese Geschichte einmal genauer:

Gegenüber des Weges hinter dem Gasthaus befand sich des schielenden alten Eugens eingezäuntes Grundstück, mit großer Wiese, altem Apfelbaumbestand und Hühnern sowieso. Zurückgesetzt duckte sich unter dem Ast- und Blätterwerk zweier uralter Ulmen ein katenähnliches, ebenfalls uraltes Wohnhaus mit zwei verschieden hohen Stallungen.

Dieses kleine, von Weitem romantisch anmutende, aber eher baufällige Gebäude war Eugens Zuhause. Eugen, der allein darin wohnte, hielt sich bei trockenem Wetter oft sehr lange an seinem Gartenzaun auf und beobachtete seine Hühner und die Umgebung. Am Hause hatte er auch noch Hasen entsprechend untergebracht, seine Leidenschaft aber waren seine Hühner. Und seit dem Tage, an dem ihm Bauer Kortes Frettchen, die gelegentlich bei der Kaninchenjagd eingesetzt wurden, eine seiner besten Legehennen geraubt hatten, hielt er sich noch öfter in seinem Garten auf. Ein Dorfbewohner wollte übrigens beobachtet haben, dass die iltisfarbenen Frettchen zu viert aufgetaucht seien, gegen den Wind. Dann hätten sie die Alphahenne von den übrigen Hühnern getrennt, sie geschnappt, ihr erschütterndes Gackern abgewürgt und sie schließlich verschleppt, wobei die Henne die Frühgeburt eines Eies erlitt. Der Zeuge hatte zudem ausgesagt, dass der Raub sehr schnell vonstatten gegangen sei, sodass der Hahn nicht habe einschreiten können, außerdem sei der gerade mit dem Besteigen einer anderen Henne beschäftigt gewesen; und welcher Hahn, betonte der Zeuge nachdrücklich, unterbreche schon einen gelungenen Aufstieg.

Schweifen wir nicht lange ab. Eugen hatte aber nicht nur Hühner und Umgebung im Blickfeld, sondern auch den Eingang des Vorratskellers vom Gasthaus. Und jedes Mal, wenn sein Blick darauf fiel, und der fiel sehr oft darauf, malte er sich aus, was an schönen Dingen in der Kellerkühle lagerte. Einmal dort eingeschlossen sein, dachte er sehnsüchtig, und erst einen Tag später entdeckt werden – oder noch später, wenn da unten eine Toilette eingebaut wäre. Das aber sei mit Sicherheit ein Wunsch zu viel. Nun, sein Traum vom kostenlosen Zechen sollte eines nahen Tages tatsächlich in Erfüllung gehen. Doch dachte er nicht an die Folgen;

denn eine erhoffte und tatsächlich eingetretene Erfüllung kann sich auch ins Gegenteil verkehren. Eugen hörte in den letzten zwei Wochen an jedem dritten Tag zu beinahe gleicher Uhrzeit drüben aus dem Keller ein anhaltendes Pfeifen. Das war ungewöhnlich. Von Herrn K. kam es, das wusste Eugen.

Altbekannte Volkslieder drangen an sein Gehör, laut und aggressiv gepfiffen: Herr K. pfiff seinen Unmut durch das Kellergewölbe und durch das geöffnete Oberlicht der Außentür. Von Mal zu Mal wunderte sich Eugen, nicht darüber, dass Herr K. seine Tätigkeit und offensichtlich gute Laune mit altbekanntem Liedgut begleitete, sondern über das fast pausenlos laute Pfeifen.

Nun ergab es sich, dass letztens Herr K., nachdem sein wütend vergewaltigtes Lied Üb immer Treu und Redlichkeit verhallt war, die Tür nach draußen aufstieß und dadurch Eugen Gelegenheit bekam, ihn nach der anhaltenden Pfeiferei zu befragen. Herr K. antwortete ihm gern, denn Frust ist oft auch dadurch abzubauen, wenn Probleme einem anderen anvertraut werden. Und Eugens Reaktion? Das Verhalten des Herrn K. sollte für Eugen die Erfüllung seines Traumes werden. Doch ist auch Glück manchmal nicht launisch ...?

Zwei Tage später – Herr K. hatte seine pfeifende Arbeit beendet – rief Eugen Herrn K. zu sich an den Gartenzaun. Eugen, der sich viel Zeit zum Ausbaldowern dieser und jener Pläne nehmen konnte, wartete mit einer genialen Spitzfindigkeit auf, die kaum zu überbieten war und scheinbar bedenkenlos und bei der nächsten Gelegenheit in die Tat umgesetzt werden konnte:

War Herr K. in den Keller hinunter geschickt worden, öffnete er zuerst ganz sacht, aber unter lautem Pfeifen, die Außentür, gleichzeitig das Signal für den nach allen Seiten witternden Eugen, schnellstens hinüber zu Herrn K. in den Keller zu huschen. Hier öffnete er ohne zu zögern eine bereitstehende Flasche Spätburgunder, nahm einen kräftigen Schluck, der ihm vor lauter Wonne das Schielen vergessen ließ, rülpste kurz, dafür umso eindringlicher und übernahm dann pfeifend Herrn K.s Melodie und Lautstärke. Im Gegenzug setzte dann Herr K. die übernommene Flasche mit dem köstlichen Inhalt an die Lippen. Diesen Wechsel beherrschten die beiden Unholde bald meisterlich: pfiff der eine, trank der andre. Auf diese Weise ging das einige Zeit lang gut, weil die beiden Sünder es immer nur bei einer Flasche Wein beließen. Herr K., sein Gewissen muss sich höchstwahrscheinlich in dieser Zeit abgemeldet haben, kehrte schnell zu alter Heiterkeit zurück, was in Frau Wilma, die es wohl merkte, aber keine warnenden Gedanken mehr auslöste. Denn wie bereits gesagt, so lange ihr Mann und

Helfer im Keller pfiff, konnte er nicht trinken. Er ist doch ein guter und gehorsamer Mann, sagte sie sich schließlich, leider bin ich ihm gegenüber gelegentlich etwas grob; aber Erziehung muss sein. Doch wenn wir mal in Rente gehen, kann ich das ändern, dann lasse ich ihm alle Freiheiten, auch das gelegentliche Trinken.

Natürlich versuchte auch ein heimtückischer Hintergedanke sich in ihrem Kopf festzusetzen: Sollte sich mein Konrad als noch junger Rentner, oder bereits etwas früher, eventuell totsaufen, dann hätte ich zu meiner Altersversorgung ziemlich früh auch seine. Wilma war jedoch eine charakterlich gefestigte, ehrenwerte Person, und so war es ihr ein Leichtes, hinhältige Gedanken energisch zu verscheuchen. Als ihr Kopf wieder frei war, bemächtigte sich ihrer plötzlich ein Gefühl ähnlich des Mitleids, das sie veranlasste, die Schürze hochzuraffen, um sich mit ihr zwei Tränen von den Wangen zu wischen.

Wie aber ging es nun weiter mit Herrn K. und seinem Mittäter Eugen?

Nun ja, es ist auch der gescheiteste und sattelfesteste Mensch nicht grundsätzlich gegen des Teufels anhaltende Böswilligkeit gefeit ... außer Frau Wilma. Leichthin niederträchtig schafft es der Böse auch bei den beiden im Keller, sie mit süßem, kühlem Wein ins Verderben zu schicken. Der Geist ist willig und das Fleisch ist schwach – oder so ähnlich. So musste es denn unausweichlich kommen, dass die beiden bis dato brüderlich vereinten Weinsünder ihre Vorsicht im Keller, ermuntert vom Dornfelder, Spät- und Grauburgunder, außer Acht ließen. Bar jeglicher Sorgen und Nöte ließen sie sich auf einer ausgedienten Gartenbank nieder, leerten glucksend die dritte Flasche an diesem Tag, rülpsten laut und rissen mit leiser Stimme Witze, sodass ihr ebenso leises, aber heftiges Lachen ihr Zwerchfell vibrieren ließ und sie sich vor Vergnügen in die Arme fielen, ja, bis auch Eugens zweites Auge sich dem Schielen nicht mehr verweigern konnte, er sein eben angestimmtes Lied Weißt du wie viel Sternlein stehen plötzlich abbrach und sanft an Herrn K.s Schulter entschlummerte. Nicht lange, und auch des Kellermeisters Blick verfiel in flackerndes Schielen, dann verklärte er sich, verschwand unter die Lider, und Herrn K.s Kinn sank langsam auf die Brust.

Solange Frau Wilma das Pfeifen hörte, musste sie nicht den Verdacht schöpfen, ihr Mann könne sich im Keller versündigen. Einerseits unterstrich sie ihre Anordnung als fürsorgliche Notwendigkeit, andrerseits jedoch, wie wir oben bereits erfuhren, begann es ihr leid zu sein, ihrem stets fleißigen Mann diese Anweisung gegeben zu haben. Er ist eine gute Seele, drängte es sich in ihr erneut auf, ach, jetzt wird er mit dem Besen zugange sein, dachte sie weiter. Vielleicht ziehe ich meine Pfeifanweisung zurück. Als dann aber die vertrauten Töne ausblieben, und ihr Gatte sich auch nach ruhigen zwanzig Minuten nicht in der Gaststube blicken ließ, trocknete sie sich die Hände mit ihrer Schürze, trat sorgenvoll in den Hausflur hinaus und stieg dann ahnungsschwer und etwas weich in den Knien, dennoch mit festem Tritt, die Kellertreppe hinunter.

Ach, welch schändlicher Anblick bot sich ihren Augen! Besäuselt schnarchten sitzend, aber in sich zusammengesunken, die zwei Unholde auf der Bank, Schulter an Schulter, Kopf an Kopf. Flaschen, einst gefüllt mit edlem Wein, brachial kulturlos geleert, erinnerten an ein Plünderungsgelage von Marodeuren im Dreißigjährigen Krieg.

Zornesröte überzog Frau Wilmas Gesicht. Plötzliche tiefe Trauer im Herzen erschwerte ihr das Atmen. Doch entschlossen griff sie sich den Reisigbesen, der am Kellertreppengeländer lehnte, und drosch mit gewaltigem Schwung auf die Plünderer ein, die augenblicklich hellwach wurden, sich aufrafften unter den Hieben, doch gleich darauf ihr Gleichgewicht verlierend übereinander stürzten. Ihr lautes Wehklagen „Hör up! Hör up!" widerhallte an den Kellerwänden, drang die Kellertreppe hinauf bis in die Gaststube, wo mittlerweile sich einige Bauern, aber auch drei Altenteiler, eingefunden hatten, die sich kurz vor dem Viehfüttern und Ausmisten noch ein oder zwei Glas Bier und einen Korn genehmigen wollten. Wie auf Kommando stürmten sie aus dem Raum, verteilten sich auf den unteren Stufen der Kellertreppe und setzten mit ihren anfeuernden Rufen in Frau Wilma ungeahnte Kraftreserven frei. Das hatte zur Folge, dass ihr der Besenstiel in zwei Stücke brach, und sie mit dem besenlosen Stiel ohne Pause weiter auf die Unglücklichen eindrosch, bis es Eugen gelang, mit dem Leibhaftigen, der hier im Keller immer noch in ihm steckte und mitverprügelt wurde, nach draußen zu fliehen. Gleichzeitig rettete sich Herr K. mit kurzen Verzweiflungssprüngen zwischen die Beine der zuunterst stehenden, überaus heiteren Zuschauer.

Selbstverständlich kam diese Geschichte sofort in den dörflichen Umlauf, und unten am südlichen Ortsrand angekommen, war das eine und andere Gerücht noch eingebaut oder angehängt worden, wie das nun einmal so üblich ist. Ereignisse, die es wert sind, den Dorfbewohnern Gesprächsstoff zu liefern, sind verhältnismäßig selten. Die Sache im Wirtshauskeller war ein Ereignis, das Aufmerksamkeit hervorgerufen hatte und dementsprechend mit wahrem Frohsinn diskutiert wurde. Aber auch Frau Wilma konnte, als sie nach ein paar Tagen die Peinlichkeit endgültig abgeschüttelt hatte, über ihr energisches Handeln im Keller mitlachen. Das Dorf war eben eine große Familie.

6. Kapitel

Nach diesem fürchterlichen Ereignis fand Frau Wilma, der gewiss kein Vorwurf zu machen war, nur langsam zu ihrer gewohnten inneren Ruhe zurück. Nachdem sie ihren Konrad zum Rauschausschlafen geschickt hatte, bediente sie ihre Gäste mit freundlicher Miene weiter, obwohl sie die Männer am liebsten nach Haus geschickt und ihr Lokal geschlossen hätte. So aber lächelte sie hier und da, gequält, mit glühender Peinlichkeit im klopfenden Herzen. Aber es gab reichlich Trost für sie, niemand der Gäste, es waren heute zu dieser Zeit ihrer acht, brachte ihr hämische Bemerkungen entgegen; ganz im Gegenteil. Sie wurde regelrecht bestürmt, die Sache nicht gar so ernst zu nehmen und dem Konrad in absehbarer Zeit wieder gut zu sein – in absehbarer Zeit, wohlgemerkt; denn ein wenig schmoren lassen in seiner Schuld sollte sie ihn schon. Und andrerseits, mahnte Bauer Korte, wer könne schon bestreiten, irgendwann in seinem Leben nicht noch ärgere Dinge abgezogen zu haben? Er meine alle Männer dieser Welt und sich selbst, da sei er ehrlich. Dagegen wäre doch Konrads kurzer Abweg weiter nichts als eine unterhaltsame Bühnennummer gewesen – oder was? Insgesamt gesehen sei er doch ein feiner Kerl ... und so gebildet.

Abgezogen ... Was der Bauer und Bürgermeister Korte denn mit abgezogen meine, wollte gleich darauf Franz-Friedrich wissen, worauf Korte ihm entgegnete, solch eine blöde Frage nicht beantworten zu wollen. Dann fuhr er fort – Frau Wilma lauschte derweil dankbar hinter ihrer Theke und befüllte acht Biergläser neu –, man könne Freund Konrad auch mit Fred Feuerstein vergleichen, diesen liebenswürdigen und aufrechten Menschen, heute nun auch schon sehr alt, der auch eine Menge Unbedachtsamkeiten hinter sich gebracht hätte. Und erneut fiel Franz-Friedrich mit einer Frage ein, wer denn Fred Feuerstein sei, hier im Dorfe wohne der nicht, hier kenne er jeden. Mit einem horizontalen Hieb durch die Luft gab ihm Korte zu verstehen, auch diese Frage nicht beantworten zu wollen, weil auch sie an Blödheit nicht zu übertreffen sei. Übrigens stuften die Einheimischen im Dorf den Bauern Korte, Inhaber mehrerer Ehrenämter, nicht nur als wohlhabend ein, sondern auch als klug und weit gereist. Beispielsweise musste er dann und wann immer noch von seinem achtwöchigen Aufenthalt in Dithmarschen erzählen, von der Landschaft, von der Großstadt Husum und von der Nordsee allgemein. Überhaupt die Nordsee, die in regelmäßigen Abständen den Husumer Hafen bis oben hin fülle und dann wieder entleere. Alle sechs Stunden geschehe das, erklärte er immer wieder, auch im Winter. Diese Sache hätte mit dem Mond zu tun, woraufhin der alte Eugen und auch manch andere die Brauen hochzogen und die Stirn runzelten. Damals war Korte, achtzehnjährig, von seinem Vater nach Dithmarschen geschickt worden, um nacheinander auf zwei Bauernhöfen den Kohlanbau zu studieren, bei dem einen Bauern in Sachen Rotkohl, bei dem zweiten den Weißkohl betreffend.

Und was war mit Herrn K. nach der Affäre im Keller? Er stürzte sich regelrecht in die Arbeit und befleißigte sich zudem einer intensivsten Aufmerksamkeit Frau Wilma gegenüber. In den Keller musste er nach wie vor, aber ohne zu pfeifen. Frau Wilma forderte es nicht mehr – wozu auch. Ihr Mann hatte von Kellerabenteuern ohnehin die Nase voll.

Hatte er nicht mit seinem Versicherungskram zu tun, war er stets seiner Frau auf den Fersen, versuchte, ihr so viel wie möglich zur Hand zu gehen, schweigend, gramvoll, in sich gekehrt, vor Reue bereits an Gewicht verlierend. Insgeheim hatte Frau Wilma die Sache seit einigen Tagen längst abgehakt. Sie hatte wichtigere Dinge um die Ohren, als sich weiterhin dem Ärger hinzugeben. Ihr vor ihrem Mann in den ersten Tagen immer noch oft unverkennbares Grollen war gekünstelter Vorwurf, sodass es ihr bei jeder Gelegenheit regelrecht Mühe bereitete, dem armen Konrad eine ernste Haltung zu bieten. Die Beendigung dieses Verhältnisses wollte sie natürlich nicht auf die lange Bank schieben, den Zeitpunkt bestimmen, sobald sie ihn für gekommen hielt. Noch aber war von ihr noch kein Signal für ihren Konrad ausgegangen, seine gebüßte Missetat endlich zu den Akten zu legen. Bis er sich am späten Abend des fünften Tages, nachdem der letzte Gast hinausgetorkelt war, mannhaft überwand. Entschlossen ging er auf seine Frau zu, die wie ein Bollwerk hinter der Theke stand. Er wollte den Versuch starten, endlich eine Änderung des Verhältnisses herbeizuführen. Mutig schaute er seiner Frau geradewegs ins Gesicht und zitierte Udo Jürgens: „Der Teufel hat den Schnaps gemacht, um uns zu verderben."

Überrascht ließ Frau Wilma ein paar Blitze aus ihren Augen sprühen und versetzte donnernd, dabei aufkommende Heiterkeit unterdrückend:

„Dieser Teufel ist unser Arbeitgeber, denn schließlich ist dies hier eine Gastwirtschaft und keine Reha-Station! Und von dieser Gastwirtschaft wollen wir leben, gut leben; und deshalb müssen wir uns allemal und streng davor hüten, uns selbst dem Teufel auszuliefern. Das, mein lieber Konrad", und gekünstelt änderte sie ihre Stimme in ein melodisches Säuseln, „das, mein Lieber, wollen wir doch gerne unseren Gästen überlassen. Und unter uns gesagt, je öfter einige unserer lieben Gäste uns nüchtern besuchen und besoffen uns wieder verlassen, umso besser geht es uns", und dann wieder in strenger Manier, „also widerstehe gefälligst der Hörigkeit dem Teufel gegenüber."

„Ich bin doch dem Teufel nicht hörig", widersprach Herr K. und begann nun, sich den Tatsachen entsprechend zu rechtfertigen, „und die Sache im Keller war auch keine Hörigkeit, das war nur eine gewisse eventuell vorübergehende Gelegenheit." Wie albern drehte er sich mal nach links, dann nach rechts, winkte mit beiden Händen ab und jammerte plötzlich: „Ach, was suche ich nach Gnadengestammel, ach, was habe ich an Bestrafung hinnehmen müssen: halb totgeschlagen, Anweisungen durch Handzeichen, bei den Mahlzeiten nur das Kauen und Schlucken hörend, des Nachts Rücken an Rücken liegend, vor Kummer an Schlaf und an anderes nicht zu denken, also völlige Nichtbeachtung und vieles mehr. Das alles hält vielleicht eine Frau aus, aber kein normaler Mann."

Frau Wilma fuhr ihn erneut an, war nun doch ein bisschen beleidigt, hauptsächlich wegen seiner letzten Bemerkung:

„Du hättest Komödiant werden sollen oder Weintester und nicht Drücker bei einer ..."

„Was sagst du da ...? Drücker ...?", fiel ihr Herr K., tief in seiner Berufsehre getroffen, ins Wort. „Ich bin ein Drücker? Sag das noch mal!"

Frau Wilma grinste unverschämt und flötete:

„Und wenn ich's noch mal sage ... Nein", kam es wieder streng über ihre Lippen, „erst möchte ich wissen, was dann geschieht."

Nun war Herr K. ratlos. „Was dann geschieht? – Was soll ich sagen – nun, dann lassen wir die Sache auf sich beruhen. Was bleibt mir anderes übrig. Also, ich entschuldige mich hiermit nochmals in aller Form, knie vor dir nieder mitsamt der Last von Eugens Schuld auf den Schultern."

„Eugen auf den Schultern ...? Last? Schuld?", prustete Frau Wilma, nun unter hellem Lachen, und sie plusterte sich auf, sodass ihr gewaltiger Busen ihre Bluse zu sprengen drohte. Doch sie beruhigte sich schnell, denn hier war sie es, die sich im Recht fühlte und das Sagen hatte.

„Eugen auf den Schultern", wiederholte sie, „sieh nur zu, dass du dich aus eigener Kraft dann noch erheben kannst, wenn du mit deiner Last vor mir auf den Knien liegst. Ich helfe dir jedenfalls nicht auf die Füße. Eugen, Eugen ... Im Verhältnis zu Eugen ist ein Chamäleon ja eine reine Schönheit. Nein, er ist ein Nichtsnutz, ein Altersspanner, und deshalb setze ich ihn ja auch hin und wieder ein, damit er nicht dauernd über neue Flausen sinnt. Merke: Solch lüsterne Gnatter, auch wenn sie schon eine Kalkspur hinter sich herziehen, haben doch nur Unsinn, Weiber und Schnaps im Sinn. Gerade Eugen ...! Auch wenn er spitzbübisch oder beleidigt den Blick abwendet, ein Auge ist es immer, das einen lauernd fixiert! Was ihm fehlt, wäre tatsächlich eine resolute Frau, die ihn erst mal wäscht, zum Zahnarzt schickt und dann die Motten aus seinem Kopf vertreibt. Aber warum rege ich mich eigentlich auf, kurz oder lang zerbröselt er ohnehin zwischen seinen Zwetschenbäumen, wo er dann von seinen Hühnern aufgepickt wird."

„Aber liebste Wilma", versuchte Herr K. die jetzt aufgebrachte Wilma zu beruhigen, „ich wollte, um dich erst einmal zu berichtigen, nicht Eugen auf den Schultern tragen, sondern seine Schuld, und die wiegt nicht schwer. Eugen tut niemand etwas zuleide, er ist immer hilfsbereit, wenn man ihn braucht. Er ist noch ziemlich kräftig in seinem Alter, und an Schönheitswettbewerben will er ja nicht teilnehmen. Aber, liebe Wilma, haben nicht alle Menschen ihre Fehler und schleppen dazu oft auch noch größere oder kleinere Unansehnlichkeiten mit sich herum? Nun ja, das eine ist oftmals nicht sichtbar, das andere dafür umso stärker." Diese letzte Andeutung des nach Verzeihung heischenden Konrad, womit er Frau Wilma nun wirklich nicht treffen wollte, genügte ihr. Augenblicklich hob sie das Gesicht, durchbohrte die männliche Wenigkeit vor der Theke mit einem stählernen Blick, ließ die Faust auf das gelochte Ablaufblech krachen, sodass Herrn K. die Haare zu Berge stiegen, und walzte hinaus. Der arme Herr K. stand wie gelähmt. Er gab sich einen Ruck, streckte wie schlafwandlerisch die Arme nach vorn, senkte sie wieder und schlich seiner Frau nach. Vom Kirchturm begann die Glocke zwölf Mal zu schlagen.

Sind Frau Wilma und Herr K. sich nun erst recht spinnefeind geworden? Wir verraten es: Nein, sie sind es nicht!   Nun ja … In dieser Nacht überließen wir das Gasthaus seiner so dringend notwendigen Ruhe. Es muss ja auch niemand Fremdes dabei sein, wenn zwei Menschen weiterhin aufeinander einhauen – oder aber Versöhnung feiern, wie in diesem Haus. Jedenfalls war es anderntags so, dass Herr K. eine halbe Stunde lang vergnügt pfeifend, und das freiwillig, wieder im Keller zu tun hatte. Und Frau Wilma erledigte indes emsig ihre eigenen Aufgaben, ebenso vergnügt, wie lange nicht mehr, und dachte an dies und das. Und auch den schielenden Eugen holte sie in ihre Gedanken, wobei sie sich sagte, welch zuverlässige Hilfe sie doch mit diesem armen, alten, aber noch so stabilen Kerl habe, ja, dieser schlichte und lebenserfahrene Mann sei so schnell nicht zu ersetzen.

Somit war aus alledem zu schließen: Im Gasthaus und Umkreis herrschten wieder Frieden, geteilte Freuden und Emsigkeit.

Nicht lange nach der nächtlichen Versöhnung überraschte Herr K. seine Wilma mit dem Vorschlag, im Dorfe einen so genannten Autoren-Verein ins Leben rufen zu wollen. Es ruhten in Männern und Frauen un-

ungeahnte Talente, die nur geweckt zu werden brauchten. Sie solle sich mal selbst hinterfragen, ob Talente nicht geweckt werden sollten?

Erst einmal müsse er geweckt werden, war ihre Antwort, nämlich morgen früh um sechs Uhr, damit er seinen bereits um neun Uhr angesetzten Kundentermin in Hamburg nicht verpasse. Indes Herr K. ließ sich von seinem angebrochenen Thema nicht ablenken und fuhr fort: Wenn sie, seine Frau Wilma, für literarische Dinge, er wolle nicht unbedingt von literarischem Schaffen sprechen, nichts übrig habe, dann sei das ganz normal: der eine liebe beispielsweise seine Skatabende, ein anderer den Fußballsport, und wieder andere lieben ..." – „Und ein dritter liebt seine Frau", fiel sie ihm ins Wort, sodass er konterte, sie möge doch mal einen Augenblick ernst bleiben, damit er ihr seine Vision zu Gehör bringen könne. Also durfte er weitersprechen und führte an, wenn genügend Leute mitmachen würden, dann wolle er beileibe keine literarischen Schreibkurse ins Leben rufen, sondern Hilfestellung leisten lassen von gelegentlich einzuladenden Berufsliteraten – falls die das für umsonst machten.

„Umsonst?", rief Frau Wilma. „Und wenn nicht ...? Wollt ihr Erlebnis-Aufsätze schreiben, wie beispielsweise: Als meine dritte Oberkieferprothese im Brötchen stecken blieb?"

„Ach du ... Ich werde die Mitglieder dazu bringen, sich untereinander nach Literarischem abzutasten und dies und jenes mit ihnen verarbeiten. Dadurch können sie sich nach und nach der Literatur nähern, um dann mit vorsichtigen Schritten etwas zuwege zu bringen. Und das Wichtigste ist, die Zusammenkünfte werden in diesem Gasthaus stattfinden. Da denk einmal an deine zusätzlichen Umsätze, denn die Mitglieder in spe werden ordentlich was verputzen."

So weit so gut. Doch einen Hinweis schien Frau Wilma nicht richtig verstanden zu haben. „Ab – tasten?", fragte sie argwöhnisch nach, „nach was sollen sich die Mitglieder abtasten? Nach Literarischem ...? Und du meinst, jeder hat so etwas bei sich versteckt? Aber egal, tastet ab. Nimmst du aber auch Frauen in deinem komischen Verein auf, dann ist Sense mit dem Abtasten. Ein als Literaten-Klub getarnter Abtast-Verein ...? Euch Brüder darf man nie aus den Augen verlieren! Aber macht nur ... Ansonsten werde ich mich nicht einmischen. Aber eine Frage habe ich noch: Wenn du schon auf die ulkige Idee von einem Dichterverein gekommen bist – inwiefern kennst du dich denn aus, wie? Hast du selbst schon mal was geschrieben? Deine Kundenaufträge oder von mir diktierte Einkaufszettel meine ich nicht."

Nun legte Herr K. seine ganze Überlegenheit in Sachen Literatur bloß und antwortete mit Sanftmut in der Stimme: „Aber Wilma", begann er, „ich habe nie darüber gesprochen, denn wer was kann, soll bescheiden bleiben; oder wie es heißt: mehr scheinen als sein – nein, mehr sein als scheinen. Du sollst wissen, dass ich einmal einen von mir verfassten Reisebericht an einen meiner früheren Lehrer geschickt habe, gleich nach einer mehrtägigen Reise mit drei Freunden nach Kreta. Das war ein ganz normaler Urlaub, an sich überhaupt nicht erwähnenswert. Damals hatte ich mir von dem Bericht eine Kopie angefertigt, als eine Art Erinnerung. Und nun, wenn das mit dem Literaturverein klappen sollte ..."

„Vermutlich werden nur die Türen klappen", unterbrach Frau Wilma ihren Mann. Der glaubte, etwas Höhnisches aus ihren Worten vernommen zu haben und sah sich somit nicht mehr zu weiteren Darlegungen oder Erklärungen veranlasst. Und so geschah es dann, dass schon nach sieben Tagen acht Männer aus dem Dorfe Herrn K.s Idee folgen und sich der hehren geistigen Auseinandersetzung stellen wollten, um im Endeffekt kunstvoll Schriftliches sicht-, les- und hörbar zu gestalten. Frauen hatte Herr K. nicht angesprochen, um Frau Wilmas Gedankengänge frei vom Argwohn zu halten.

Das Dorf könne im Übrigen weit über seine Grenzen hinaus, wenn nicht berühmt, so doch aber sehr bekannt werden, hatte er letzte Zweifel bei jedem Angesprochenen ausgeräumt, und selbstverständlich könne das auch das einzelne Mitglied, wenn es – wie er sich ausdrückte – es des Schreibens kundig sei. Auch er wolle alle seine Kräfte bündeln, also nach Feierabend, und seinen Beitrag für den Erfolg leisten. „Und deine Wilma?", hatte jemand zurückgefragt, „Hat sie nichts dagegen, wenn du all deine Kräfte für das Schreiben bündelst?" Herrn K.s Antwort war nur ein Augenrollen, und schnell fuhr er fort, immerhin schon einen Reisebericht verfasst zu haben. Auch das sei eine Art Literatur. Es sei durchaus nicht abwegig, wenn eines Tages die Texte der Mitglieder – natürlich im Idealfall – um die ganze Welt gingen, vermutlich sogar bis Ostfriesland, was durchaus auch Otto – scherzhaft gemeint – erfreuen würde.

Herr K. musste bei seiner Werbung natürlich eine Menge Fragen beantworten. Irgendwie bezeichnend war jene von Kuno, dem Kaninchenzüchter, ob denn der gerade angesprochene Otto, von dem sich seine Frau vor fünf Jahren ein Paar Pantoffel habe zuschicken lassen, auch in Ostfriesland einen Laden unterhalte, woraufhin Herr K. den Fragesteller erklärte, dass der Otto-Versand, den Kuno sicherlich meine, in Hamburg sei, er jedoch habe an Otto Waalkes gedacht, den König Otto von Ostfriesland. Mit dieser Antwort hatte sich Kuno zufriedengegeben, sich im Stillen nur gewundert, wie viele Gegenden es doch noch gibt, die sich einen König leisteten. Andrerseits sei es ja wohl keine Schande, nicht generell über Verhältnisse in entfernten Ländern Bescheid zu wissen.

Die Literaturfreunde wollten sich einmal wöchentlich in Frau Wilmas Gaststätte versammeln, und sie hatten Glück, noch einen freien Abend reserviert zu bekommen. Bis auf den alten Eugen gehörten alle Mitglieder auch gleichzeitig allen Ortsvereinen samt der Feuerwehr an. Sie alle bestritten unter der Woche so manchen Sechzehnstundentag: tagsüber gingen sie ihrem Broterwerb nach, die Abende widmeten sie dem Vereinsleben und reduzierten Frau Wilmas Bier-, Kümmel- und Kornbestände. Und die Uniformierten, die Ausdauerndsten im Dorf, mussten zudem so dann und wann auch noch das Löschen mit Wasser üben.

Zum Vorsitzenden der literarischen Vereinigung wurde Herr K. gewählt, was vorauszusehen war. Bemerkenswert, dass auch der schielende Eugen sich hatte einschreiben lassen, vom Vorsitzenden vorgemerkt als passives Mitglied, als Zuhörer, der sich zukünftig zu Gehör gebrachte geistige ~~Auswüchse~~ Ergebnisse nur anhören sollte. Aber gehen wir davon aus, dass auch dem Eugen eine kleine Geschichte einfallen könnte, und vorweg gesagt, sie fiel ihm auch ein. Es rotierten irgendwelche Verse in seinem Kopf, sie aber zufriedenstellend aufs Papier zu bringen, das sollte ihm am Ende versagt bleiben, denn die Schwierigkeiten entpuppten sich für ihn dann doch als nicht überwindbar. Allein die Sache mit der Rechtschreibung …! Etwa fünfundfünfzig Jahre nach Schulende eine Geschichte oder ein Gedicht verfassen? Das fragte sich Eugen sehr ernsthaft. Und doch wollte er die Schreiberei, mit der sich erwartungsgemäß alle Mitglieder auseinandersetzen würden, nicht strikt von sich weisen. „Wenn ich nun doch etwas dichten will", sagte er zu sich selbst, nachdem er sich seinen Graupeneintopf vom Vortage einverleibt hatte, „ist erst einmal eine helle und saubere Tischplatte erforderlich. Ist der Arbeitsplatz aufgeräumt, fällt einem das Dichten wahrscheinlich leichter." Also nahm er sich den Küchentisch entsprechend vor, räumte das Geschirr ab, reinigte die Platte und suchte anschließend im Küchenschrank nach Papier. Erfreut fand er schließlich eine Rolle mit fast weißem, fettfreiem Einschlagpapier, faltete einen Bogen in etwa der Größe DIN-A-3, trennte ihn mit seinem Taschenmesser ab, legte ihn auf die Seite des Tisches, wo er sich vorzusetzen gedachte und strich ihn glatt. Dieser Bogen ruhte nun auf einem ehemals weißen Wachstuch, ein inzwischen fast vergilbtes, hier und da verkratztes Erbstück großmütterlicherseits, und wartete darauf, anspruchsvolle Texte aufzunehmen. Nun fiel ihm ein, dass Texte ohne ein Schreibgerät kaum auf das Papier zu übertragen waren. Einen Kugelschreiber besaß er nicht, aber einen Bleistift. Den suchte er und entdeckte ihn auch bald: in der Schrankschublade, in der er neben einigen Messern, Löffeln und Gabeln auch zwei Mausefallen aufbewahrte. Mit seinem stets geschärften Taschenmesser spitzte er den Bleistift an und legte ihn rechts neben das Papier. „Rechts muss er liegen", murmelte er, „weil ich Rechtshänder bin."

Nach allen diesen erforderlichen Vorbereitungen nahm er Platz und den Bleistift auf und wollte freudig gestimmt mit dem Dichten beginnen. Doch sofort stellten sich die Schwierigkeiten, die Maleschen ein. Zunächst betrachtete er den Bogen Papier sehr genau, strich einige Male mit der Handkante darüber hinweg und stand wieder auf. Nun beobachtete er das Stück Papier gewissermaßen von höherer Warte aus, angestrengt, als könne sich dort etwas tun. Und scheinbar tat sich auch etwas. Sein schielendes Augenpaar vermittelte ihm den Eindruck, der auf dem Tisch liegende

Bogen Papier sei doppelt, zudem bewege er sich, wenn er die Augen nicht ruhig halte. Eugen war dem Frust nahe, wollte aber dennoch nicht aufgeben. Also setzte er sich wieder, wiederholte seine Sichtproben und strengte sich gewaltig an, seine Augen starr zu halten. Nun sah die Sache auf dem Tisch schon anders aus. Er griff nach dem Bleistift und wollte mit der Niederschrift beginnen. Er wollte es. Aber das einzige, was ihm einfiel, war, dass ihm nichts einfiel. So stand er abermals auf und schlurfte wütend hinaus zu seinen Hühnern, wo er augenblicklich erneut ins dichterische Grübeln verfiel. Als ihm dann nach etwa eineinhalb Stunden tatsächlich ein Thema eingefallen war, das, so seine Meinung, die anderen gewiss sehr interessieren und am Ende sogar von den Sitzen reißen würde, schlurfte er ins Haus zurück und begann sofort, unter Ausnutzung seiner ganzen noch funktionstüchtigen Gehirnteile sein Eingefallenes äußerst bedächtig niederzuschreiben, Buchstabe für Buchstabe. Er widmete sich der Sache derart, dass er über den rechten Papierrand hinaus auch die schon etwas vergilbte, stumpf gewordene Wachstischdecke beschrieb. Als er schon lange im Licht seiner Deckenlampe saß, und der Mond dabei war, das Dorf zu überqueren, nahm er erschöpft sein gedichtähnliches Gebilde – achtzehn ellenlange Zeilen in Wellenform mit dem Thema *Die Beziehung zwischen Mensch und Huhn* – in die Hand und bemerkte, dass von jeder Zeile auf dem Papier die rechte Hälfte fehlte. Diese entdeckte er, inzwischen stehend, nach kurzer Suche dann auf der Tischdecke. Was tun! Das Ganze neu abzuschreiben, schien ihm zu mühsam. Außerdem glaubte er nach intensivstem Betrachten der Angelegenheit – das Schielauge mit der Hand abgedeckt – seine eigene Handschrift nur sehr schwer entziffern zu können. Ob nun in dieser Urform oder neu abgeschrieben den Kollegen bei der nächsten Zusammenkunft zur Begutachtung vorzulegen, würde sie auf eine unzumutbare Probe stellen. Ja, für ihn, den Urheber, gab es da keine Zweifel. Er kratzte sich am Hinterkopf, unterhalb seiner Beule, und sprach dann das Urteil: „Für mich ist das Dichten verlorene Zeit, eine mühselige, brotlose und obendrein den Schlaf raubende Kunst. Lieber täglich zehn Schweineställe ausmisten, als fünf Reihen Dichtung auf ein Blatt Papier bringen."

Kurz entschlossen faltete er das Papier mit seinem literarischen Erstling darauf zu einer Fliegenklatsche zusammen und hetzte damit drei Fliegen durch die Küche, bis sie sich erschöpft auf der Fensterwand niederließen, wo er eine nach der anderen umbrachte. Danach löschte er das Licht und schlurfte gähnend hinüber in seine Kammer. Die Kadaver ließ er an der Wand zurück – anderen Fliegen zur Mahnung.

Vereinbarungsgemäß trafen sich die angehenden Literaten alle acht Tage in Frau Wilmas Gasthaus, wo sie ihre Texte vorlasen, soweit vorhanden. Die Zuhörer kritisierten zurückhaltend, um sich nicht gegenseitig zu beleidigen. Lob überwog, der maßvolle Tadel war hauptsächlich dem Herrn Pastor und Herrn K. vorbehalten. Die Dichtkunst war der offizielle Teil, der bald abgeschlossen werden konnte. Im folgenden inoffiziellen Teil ging es dann etwas resoluter zu. Geistesgrößen bedürfen geistiger Getränke, und so ließen sich die Herren zügig von Frau Wilma bedienen. Herr K. beteiligte sich am Konsumieren nur sehr mäßig. Zum Ende hin wurde die kleine Gesellschaft immer fröhlicher, besonders dann, wenn die Zeit gekommen und Frau Wilma nicht zugegen war, mittels derber Witze die Heiterkeit noch zu steigern. Doch besonders achteten sie darauf, den feucht-fröhlichen Abend nicht zu lang werden zu lassen; andernfalls hätte fast jeder von ihnen damit rechnen müssen, zu

Hause in ein Gewitter zu geraten. An einem weiteren Abend begannen sie nach der dritten Runde Korn und Bier und überzeugt von den dichterischen Fähigkeiten des einen und anderen Mitglieds, über die Planung und Durchführung öffentlicher Lesungen im Dorfe zu diskutieren. Platz für die Zuhörer zu schaffen sollte keine Probleme bereiten, da sich nach ihren Vorstellungen genügend Räumlichkeiten von selbst anböten: zum einen die Kirche, zum andern Bauer Kortes Scheune, drittens das Spritzenhaus der Feuerwehr und nicht zuletzt auch diese Gaststätte. Das Spritzenhaus als Veranstaltungsort kam am Ende nicht in die engere Wahl: viel zu wenig Platz. Frau Wilma, von der Veranstaltungsfrage Wind bekommen, forderte, die hochkulturellen Lesungen könnten nur in ihrem Gasthaus stattfinden. Und sollten nach Auswertung des Kartenvorverkaufs mehr als zweihundert Besucher ~~den Schmonzes~~ die Texte der Dichter hören wollen, dann müssten die Lesungen eben wiederholt werden. Die beste Lösung sei allerdings, ihren Saal, der um die zweihundertfünfzig Personen aufnehmen könne, als Hauptveranstaltungsort zu wählen. Im Wiederholungsfall – sie schlage vor, eine Woche später – könnte die Kalkberg-Arena in Bad Segeberg in Anspruch genommen werden, dort gingen rund fünfzehntausend Leute hinein. Vorrangig aber dachte Wilma an ihren zu erwartenden Bier- und Kornumsatz, die Dichter hingegen an ihren eigenen Genuss von Bier und Korn. Und sie sprachen von gewaltigen Honoraren, die mit Sicherheit nicht ausbleiben würden. Über Beifallsstürme, ständigem Presserummel, vierteljährliche Fernsehaufnahmen sowie die Verleihungen diverser, hochdotierter Literaturpreise brauchten sie sich überhaupt keine Gedanken zu machen, das wären Selbstverständlichkeiten am Rande. Zu diesen Vorstellungen hatten sich anfangs sogar der Herr Pastor und Herr K. hinreißen lassen, bis die beiden energisch forderten, solcherlei Gedankengänge abzulegen und sich dafür strenger an ihr literarisches Weiterkommen zu gewöhnen.

Den Zuschlag für die Veranstaltungen erhielt natürlich und ohne Gegenstimme Frau Wilma. Mit ihrem Hauptargument hatte sie die Gruppe schnell hinter sich gebracht. Zu Bauer Kortes Standort meinte sie: „Ich finde es nicht gerade harmonisch, wenn während eurer Vorlesungen in Kortes Scheune gleich nebenan die Schweine nach Futter schreien."

Um die Frage bezüglich geplanter Leseveranstaltungen abzuschließen: für die Kirche als Veranstaltungsort stimmte niemand. Hier lauere die Gefahr, so hieß es seitens des Herrn Pastors, dass mancher vorgetragene Text, entstanden mittels Ausnutzung dichterischer Freiheiten, das Gotteshaus auf Ewigkeit entweihen könnte. Dieser Meinung des ansonsten sehr weltoffen eingestellten Geistlichen hatten sich alle angeschlossen, wenngleich niemand der anderen Mitglieder zuvor mit dem Begriff der so genannten dichterischen Freiheit etwas anzufangen wusste.

Nun ist endlich einmal und besonders hervorzuheben, dass auch der Herr Pastor dem Dichterverein als aktives Mitglied beigetreten war.

Letztlich hielten es die Herren Geistesarbeiter für dringend angebracht, so oft wie möglich alle interessierten Einwohner in die Kunst des Dichtens einzubeziehen. Der derzeitige Dichterbestand sei noch etwas dürftig. Für ein Dorf der Dichter und Denker wolle er sich neben seinen vielen Ämtern zusätzlich einsetzen, hatte Bauer Korte versprochen. Lohnende Ziele habe er bereits vor Augen: Gründung einer Jugend- und Seniorengilde sowie die Anschaffung einer Fahne; und das Dorf bekäme endlich eine Hymne. Gelegentliche ~~Besäufnisse~~ Umtrunks, das Zusammengehörigkeitsgefühl fördernd, seien obligatorisch.

Und an was dachte insgeheim Herr K.? – Er sah seine Versicherungsgeschäfte in einem ungeheuren Aufwind. Denn wer, bitteschön, lasse sich nicht gerne von einem Dichtervorsitzenden und berühmten Schriftsteller, der er ja werden wollte, versichern? Gewiss, er würde Zigtausende von Euros verdienen mit seiner Schreiberei, das Versicherungsgeschäft aber aufgeben? Niemals! Und dann wollte er infolge der noch festzulegenden Vereinsstatuten erreichen, dass der Vorsitzende nicht mehr Vorsitzender genannt werde, sondern Präsident. Vorsitzende gäbe es viele im Lande. Wenn ich im Kino vor einer Person sitze, dann bin ich auch ein Vorsitzender, aber noch lange kein Präsident. Gedanklich ging er sogar soweit, sich einen seiner zukünftigen Kundenbesuche auszumalen. Dass er auch Mitglieder der so genannten höheren Gesellschaft versichern werde, daran zweifelte er nicht. Nein, unter Fantasielosigkeit litt er zu keiner Zeit, und so sah er sich auf dem Weg zu einem Beratungstermin in Hamburg, wo zur gleichen Zeit die Ehefrau ihren Mann, einem Senator der Bürgerschaft, mit den Worten mahnte: „In etwa einer Stunde besucht uns Herr K., der berühmte Schriftsteller und Präsident des weltbekannten Dichtervereins nicht weit von hier, um uns zu versichern. Also zieh dir deinen dunklen Anzug an und vergiss nicht die passende Krawatte, nein, nicht die schwarze – und mach dir vorher die Fingernägel sauber. Das man immer wieder darauf hinweisen muss ... Ich rufe inzwischen den Party-Service an, der soll sofort das von mir bestellte kalte Büfett anrollen lassen. Vorweg habe ich an einen Aperitif gedacht, zu den Meeresfrüchten Champagner und auch danach. Hoffentlich hast du den Champagner nicht schon wieder ausgesoffen. Wenn ja, dann müssen wir wieder

Leitungswasser anbieten, wie vor einem Monat, als uns unser Bürgermeister besuchte. Wenigstens warst du damals nicht angetrunken. Es ist zum Kotzen, auf alles muss man achten."

Ja, solch eventuell zukünftige Situationen stellte sich Herr K. insgeheim vor. Natürlich übertrieb er seine Fantasien oft fürchterlich, aber das schadete ja niemand.

Doch ach wie schnöde spielen des Schicksals Mächte Schabernack mit geistig hochstehenden und ehrbaren Dichtern, die im Ehrenamt ihren dörflichen Mitbürgern und der übrigen Welt eine hohe Geisteskultur vermitteln wollten, dann aber merkwürdigerweise untereinander uneins wurden. Nur eine Woche später, nach ihren Leseplanungen für die Öffentlichkeit, leiteten die Literaten den Untergang ihres Dichterzirkels ein.

7. Kapitel

Es begann mit dem Auseinandernehmen der kurz gehaltenen Jagdgeschichte des Ackergerätereparierers und Jagdpächters Theo, Trecker-Theo genannt. Gewiss, es war eine merkwürdige Geschichte, die er vortrug. Er berichtete von seinem angeblichen Kampf mit einer Wildsau, der er ihre Frischlinge abjagen wollte. Zwischen Trittau und Klappsbüttel soll das gewesen sein. Es war ein Kampf auf Leben und Tod, so hatte er geschrieben. Er schilderte auf dramatischste Weise sein Ringen mit der Sau. Aufrecht auf ihren Hinterklauen stehend sei sie ihm an Kraft überlegen gewesen.

So hätte er sich erst dann aus ihrer Umklammerung befreien können, als er geistesgegenwärtig ihr das Knie in den Unterleib gerammt habe, was ihr überhaupt nicht bekommen sei. Als sie sich hatte übergeben müssen, sei er geflohen, sein Dackel vorneweg. Da die Zuhörer mit dem Schluss der Geschichte nicht zufrieden waren, begannen sie, nicht über Stil und Form zu diskutieren, sondern über den Wahrheitsgehalt. Warum er seine Büchse nicht benutzt hätte, wollte jemand aus der Runde wissen; und er setzte hinzu: „Und dein Dackel …? Hat er dir nicht zur Seite gestanden?" Er ließ Theo aber noch nicht zur Antwort kommen, er gab sie sich selbst: „Nun ja, so ein kümmerlicher Schmachthaken kommt gegen eine Wildsau nicht an", rief er, „dennoch, er hätte sie mit lautstarkem Kläffen verwirren können oder zumindest den Versuch wagen müssen, sie in die Zitzen zu beißen. Das tut höllisch weh, das weiß ich genau." Und ein Dritter aus der Runde mokierte sich, ein Dackel sei heutzutage auch nicht mehr das, was er früher gewesen sei.

„Nun lasst mich endlich erklären!", forderte Theo, ärgerlich alle andern übertönend. „Also: Die Büchse stellte ich zuvor an den Stamm einer Buche, um die Hände freizuhaben für das Öffnen meines Rucksackes. Denn anfangs, als ich die Bache mit der Büchse bedrohte, glaubte ich aufgrund ihrer Haltung sie so verstanden zu haben, dass sie ihre Frischlinge freiwillig herausrücken wolle. Aber als ich die Büchse abgestellt hatte, ging das hinterhältige Schwein plötzlich auf mich los. Es hatte mich reingelegt. Und mein Waldmann? Während der Rangelei lag er etwa fünf Meter von mir entfernt in der Reihe mit den neun Frischlingen und schaute zu."

Statt des erwarteten Beifalls erntete Theo hämisches Lachen, worauf er äußerst ungehalten reagierte, einerseits, weil er gehofft hatte, eine spannende, literarisch niveauvolle Geschichte verfasst zu haben, andrerseits, weil er bisher davon ausgegangen war, mit seinem Können sogar den Herrn Pastor und den Vorsitzenden, Herrn K., zu übertreffen. Diese Einbildung hatte er sich leisten können. Denn weder der Geistliche noch Herr K. hatten bislang etwas Literarisches von brauchbarer Länge vorgetragen. Der Herr Pastor hatte sich herausgeredet, Woche für Woche seine Predigten zu schreiben, das wäre vorerst Literatur genug.

Theo war durchgefallen. Die Diskussion um seine Texte beendete er mit der Ankündigung, dem Verein den Rücken kehren und sich stattdessen mit Thomas Mann und Günter Grass verbünden zu wollen. Diese Darstellung warf er nun, tief gekränkt und verärgert bis zum Hals hinauf, in die Runde, woraufhin der Herr Pastor und Herr K. erstmalig so richtig munter wurden. Indes der Altpapierhändler Hubert nutzte das allgemeine Durcheinander und gab Frau Wilma mittels eindeutiger Zeichen zu verstehen, nochmals eine Runde Bier und Korn zu liefern, die sie auf seinem Deckel vermerken solle. Der Herr Pastor, der gerade seine Stimme erheben wollte, hatte Huberts Bestellung mitbekommen, worauf er diesem beifällig zunickte. Dann sprach er:

„Mein lieber Theo, den Thomas Mann kannst du nur auf dem Gottesacker besuchen, doch fürchte ich, er wird dir nicht mit Rat und Tat und Zusammenarbeit unter die Arme greifen können. – Zu Günter Grass: Ich weiß nicht, inwiefern er gewillt sein wird, dich in seine Zeit- oder Terminpläne mitaufzunehmen. Selbstverständlich hindert dich niemand daran, Herrn Grass zu kontaktieren. Versuchs nur."

Als Frau Wilma die von Hubert bestellten Getränke auf dem Tisch verteilte, sah sich Franz-Friedrich genötigt, sich seinerseits einzumischen. Franz-Friedrich war der von Bauer Korte, also dem Bürgermeister, beauftragte Totengräber. An sich galt Franz-Friedrich als guter Freund Theos, jetzt aber schien diese Freundschaft einen Riss bekommen zu haben. „Ich will dir mal was sagen, Theo", übertönte Franz-Friedrichs Grabesstimme das Tongewirr der Kollegen, „du kannst doch mit deinem Schreibunsinn nicht zu einem Günter Grass fahren. Der müsste sich ja schütteln! Und Thomas Mann ...?" Jetzt blickte er wie hilfesuchend in die Runde, sprach aber gleich weiter: „Heißt der Mann tatsächlich Mann? – Herr Mann, Frau Frau? Sehr komisch. – Aber Herr Mann lebt nicht mehr, sagt der Herr Pastor, und der muss es schließlich wissen."

Des Freundes Worte trafen Theo hart. „Fass du dich mal an deine eigene Nase, du Simpel!", fuhr er Franz-Friedrich an. „Lerne du das Schreiben und Lesen erst einmal generell. Deine einzige Lektüre beschränkt sich doch seit vielen Jahren ausschließlich auf das Lesen von Grabsteininschriften."

„Nun macht aber halblang!", ließ sich nun Hubert fast brüllend vernehmen. „Wenn hier einer den Günter Grass aufsuchen sollte, dann nur ich, weil ich seinen Stil ..." – „Du, mein lieber Hubert?", fiel ihm der Pastor mit klarer, aber milder Stimme ins Wort, worauf es plötzlich ruhig wurde. „Hast du denn vom Grass schon mal etwas gelesen?"

Hubert warf sich in die Brust. „Ich habe, na ja, es ist schon viele Jahre her, den Film Die Stahltrompete gesehen."

„Blechtrommel, mein Lieber, *Die Blechtrommel* ...", berichtigte ihn der Vorsitzende, und der Herr Pastor unterstrich es lächelnd mit einem Kopfnicken.

„Gut, gut", sagte Hubert, „Die Blechtrommel. Den Film hat aber Günter Grass gemacht."

„Er hat das Buch geschrieben, und das wurde dann verfilmt", belehrte ihn der Pastor und atmete tief ein.

„Ein Buch geschrieben ...? – Wie sich manches doch so ergibt. Da könnte er doch Mitglied bei uns werden", und Hubert ließ seinen Worten ein heftiges Kopfnicken folgen, so als hätte er etwas sehr Wichtiges angestoßen.

Das erneute Durcheinanderreden beendete Herr K., indem er laut um einen Moment Ruhe bat und sich dann bemühte, die Wogen zu glätten. „Aber, aber, meine Freunde, lasst doch den Theo oder Hubert oder wer immer es will, sich mit Herrn Grass in Verbindung setzen. Die Erfahrungen, die dabei herausspringen – falls denn Herr Grass empfangen will –, können für uns doch nur vorteilhaft sein, so oder so." Und nach einem schüchternen Blick hinüber zu Wilma erklärte er: „Ich selbst kann aus beruflichen Gründen nicht, leider. Andrerseits ist es doch sehr zu begrüßen, wenn sich einer von uns einem hochkarätigen Autor nähern möchte. Es sind aber auch noch andere schreibende Berühmtheiten zu nennen, die auch für noch unbekannte Kollegen immer ein offenes Ohr haben. Ich denke da vorrangig an Lothar Matthäus, der wo ein berühmter Sachbuchschreiber ist, oder an die Märchenaufbereiterin Flocklinde Dornholle-Röschen und selbstverständlich an Philipp Lahm, der Bestseller-Autor schlechthin und aussichtsreichster Anwärter für den Literatur-Nobelpreis. Da fällt mir aber auch Rosa Pilcher-Gaukelei ein; sie hat rund sechshundertundfünfzig Romane geschrieben, jeder über neunhundert Seiten lang. Alle ihre Romane sind verfilmt worden. Die von mir Genannten sind Literaten von Weltruf, die sicherlich auch mal gerne bei uns zu Gast sein wollen.

„Die – ke – ke - kenne ich – alle nicht", stotterte Winfried. Rentner Winfried, geboren in Schlesien und beim letzten Landmannschaftstreffen zum Oberschlesier ernannt, behaftet mit einem Sprachfehler, kümmerte sich um die Sauberkeit des Dorfplatzes. Selbstverständlich pflegte er auch das breite Blumenbeet, das um den uralten, anderthalb Meter hohen, steinernen ehemaligen Dorfbrunnen angelegt war.

Der mit einer Eisenplatte abgedeckte Brunnen – mal kurz eingefügt – stand da bereits seit Mitte des sechzehnten Jahrhunderts und wies an seiner Außenwand merkwürdige Kerben auf. Landsknechte im Dreißigjährigen Krieg hatten nach alter Sitte mit ihren Schwertern die Kerben geschlagen, wodurch sie sich Tapferkeit und Unversehrtheit im Kampf erhofften, ein damals verbreiteter Aberglaube, obendrein recht sinnlos, wenn nach einem allzu heftigen Hieb auf das Brunnengestein die Hälfte der Schwertklinge im Dreck steckte oder lag.

Aber nun weiter.

Die Blumenpracht um den Brunnen herum durchwälzte hin und wieder Theos Dackel, immer dann, wenn er, allein unterwegs, gegen die Brunnenwand gepinkelt hatte. Vielleicht erhoffte sich der freche Hund ebenfalls eine Art Unversehrtheit, denn Winfried wollte ihn, falls er ihn zu packen kriegte, den Kopf vom Rumpf drehen und alles anschließend im Blumenbeet heimlich und auf Nimmerwiedersehen eingraben. Jedenfalls plante er den Meuchelmord für das nächste Frühjahr, wenn er das Beet wieder mit Stiefmütterchen zu bepflanzen hatte. Winfrieds Wiege stand, wie gesagt, in Schlesien. Und so fiel ihm ein, dass er, wenn er den Hund sich aufs Gewissen laden würde, seinen Titel Oberschlesier im Sommer nächsten Jahres unter Umständen los sein könnte. Also wollte er sich die Sache mit dem Hundemord nochmals durch den Kopf gehen lassen. Heimlich vergiften, das wäre vielleicht angebrachter, und dann tun, als wisse man von nichts. Doch woher sollte er Gift bekommen?

„Die Leute – ke – ke - kenne ich – alle nicht", wiederholte Winfried, nun einen Deut lauter, da ihn niemand gehört zu haben schien. Doch Gustav, der eine Erbsenzucht am Dorfrand betrieb, hatte ihn sehr wohl gehört und rief ihm jetzt gehässig zu: „Du bist nicht gefragt! Du hast normalerweise an diesem Tisch überhaupt nichts zu suchen, du Analphabet!"

Das ging Winfried zu weit. Er warf sich in die Brust, ließ sein Gesicht rot anlaufen, holte dabei tief Luft, riss Augen und dazu den Mund auf, bereit, nun es dem Gustav ordentlich heimzuzahlen. Doch sein gravierender Sprachfehler ließ kein Wort über seine Lippen kommen, und so blieb er stumm und schaute stattdessen in sein Bierglas, ob da wohl noch etwas drin ist.

Jetzt schlug der Herr Pastor mit der Faust auf den Tisch, rief „RUU – HEE!" und kündigte an, dass der Herr Vorsitzende das Wort ergreifen wolle. Der beschwor dringend die Mitglieder, nicht zu streiten, sondern sich zu sammeln und miteinander umzugehen, wie es sich für Literaten gehöre. Er fand viele Worte für ein ~~trächtiges~~ einträchtiges Nebeneinander und Zusammenarbeiten, und jeder solle doch mal an ihre freundschaftliche Vergangenheit und gemeinsame Zukunftsplanungen denken und diese nicht durch gereiztes Verhalten in Frage stellen.

Die eingetretene Stille unmittelbar nach seinen Worten empfand jeder der Umsitzenden nach dem bisherigen Trara regelrecht bedrückend, sodass der Pastor, der die Pause sofort nutzte, um sein Bierglas zu leeren, jetzt wiederum auf die Tischplatte klopfte und zu sprechen begann: „Lasst uns nun, da bereits angesprochen, doch noch ein wenig über literarische Berühmtheiten reden, wobei ich mich dem Herrn Vorsitzenden anschließe, dies infolge jeder Zusammenkunft zu pflegen, weil das motiviert. Lassen wir heute, wenn ihr einverstanden seid, doch einmal Heinrich Heine zu uns herein, und sprechen wir über ihn ..."

Jetzt unterbrach der Kaninchenzüchter Kuno vorlaut den Pastor: „.... Heinrich Heine? ... Wenn wir den hereinlassen, brauchen wir doch nicht über ihn zu sprechen. Können wir dann nicht mit ihm direkt reden? Ist der ein Neuzugang in unserem Verein? Ein Bauer aus dem Nachbardorfe womöglich?"

„Du wirst die Antwort gleich bekommen, du Karnickelbock!", schimpfte der Herr Pastor, fing sich aber sofort wieder. „Entschuldige, mein Sohn. Aber wenn du gut aufpasst, werden deine Fragen gleich beantwortet sein. Damit du aber schon sofort im Bilde bist: Heine ist kein neues Mitglied bei uns und stammt auch nicht aus unserem Nachbardorf. – Also noch mal, meine lieben Kinder: Heinrich Heine ist mit einem Teil deutscher Geschichte in der ersten Hälfte des neunzehnten Jahrhunderts eng verbunden. Ist jemand etwas von diesem größten Lyriker nach Goethe bekannt? ... Nun ...? – Dir, Franz-Friedrich?"

(An dieser Stelle muss einmal betont werden, dass sich der Herr Pastor in dieser Runde von vornherein der Verantwortung ausgesetzt sah, und das zu Recht, in Zukunft dann und wann schulmeisterlich aufzutreten.)

„Ich weiß, wer Heine war. Das lernt doch jedes Kind schon im Kindergarten", prahlte der Angesprochene. „Heine ist, kurz gesagt, nach Paris gegangen, hat das Deutschlandlied geschrieben und sollte daraufhin französischer Kaiser werden, und dann ..."

Jetzt hakte der Pastor unwirsch ein: „Du bist, lieber Franz-Friedrich, genauso unbedarft wie die meisten Kollegen hier. Das ist beileibe kein Vorwurf – also verzieht nicht das Gesicht und lasst das Gebrumme. Gott liebt alle seine Kinder, auch die unbedarften", und mit einem Seitenblick auf Eugen, „auch dich, Eugen! Bist kurz vor dem Einschlafen, was? – Nun, ich meine", sprach er weiter, „wir werden heute mit dem von mir angeregten Thema nicht befriedigend zu Ende kommen; verschieben wir also Heinrich Heine – nein, nicht den Mann, Winfried, sondern, Deubel noch mal, das Thema. Nur noch so viel: Nicht Heine schrieb das Lied der Deutschen, es war Hoffmann von Fallersleben. Der Mann hieß Hoffmann und stammte aus dem Ort Fallersleben im Niedersächsischen. Er verfasste den Text auf Helgoland. Das war 1841, da gehörte die Insel noch den Engländern. Wahrscheinlich hatte es zu der Zeit tagelang geregnet, da fällt einem dann dies und jenes ein."

War es nicht merkwürdig, wenn sich unsere Dorfdichter an diesem Abend ungewöhnlich aggressiv benahmen, obendrein angestachelt von Korn und Bier? Oder eher vom zu erwartenden Wetterumschwung, der sich aber erst am nächsten Tag bemerkbar machen sollte? Nur wenige friedvolle Minuten gönnten sich die Dichter, dann begannen sie das Streiten von vorn. Es ist für das Gemüt nicht besonders angenehm, anhaltend einen Streitpunkt nach den anderen über sich ergehen zu lassen, besser, abzuarbeiten. Den beginnenden Ausklang wollen wir aber noch mitnehmen. Quatscheslaw Neumann, ein knochiger Mann Ende fünfzig, mit breitem, leicht blau durchädertem Backen und harter Aussprache, vor fünf Jahren von irgendeinem Uferstreifen rechts der Wolga in dieses Dorf übergesiedelt, mit Ehefrau, sechs erwachsenen Kindern, zwei Großmüttern und sieben Tanten – Omas und Tanten mit Anspruch auf Witwenrente –, sagte der Name Fallersleben gar nichts. Bislang hatte der gelernte Sensenschärfer schweigend dagesessen, dafür umso fleißiger getrunken; aber immerhin: Er war, wie auch Eugen, von Herrn K. als Mitglied aufgenommen worden. Es könnte ja sein, hatte sich Herr K. gesagt, dass Quatschewslav vielleicht einmal etwas Interessantes vom Wolgaland zu berichten hat. Leider hatte sich herausgestellt, dass Quatscheslaw nur russische Wörter schreiben konnte. Nun wollte er wissen:

„Hoofmaan – wie? – von Fallerleben? ... Iste auch

Genosse Dichter? Und er Haus auf Helgolleland? Helgolleland in Ostsee bei Engelleland oder Polski?"

Der Pastor legte insgeheim, also ohne Aufsehen zu erregen, das Amt des ehrenamtlichen Schulmeisters nieder, ließ Quatscheslaws Frage aber nicht unbeantwortet: „Hoff – mann von Fal – lers – le – ben", sprach er, jede Silbe betonend, „um auch das klarzulegen, war zu Heines Zeiten Literaturwissenschaftler und vieles, vieles mehr. Er hieß schlicht und einfach August Heinrich Hoffmann. Es gibt einige solcher Namenseigenarten. Nehmen wir noch Jacques Offenbach, dessen Eltern noch Eberst hießen und aus Offenbach stammten. Und ihr Sohn hieß nicht Jacques, sondern schlicht Jacob." Nun schaute der Herr Pastor, schwach mit dem Kopf nickend, Herrn K. an und sagte: „Aber wem sage ich das, wen interessiert das hier schon."

Quatscheslaw Neumann fühlte sich, als hätte ihn der Pastor veralbert: „Der ~~Pope~~ Pastor uns überlegen, weil studiert. Wenn du heißen Hoofmaan, dann Hoofmaan und nicht Fallerleben. Und du, Eugen ...? Erst du haben gedöst, jetzt du blöde grinsen, du mit Auge bei hinter die Kopf."

„Das ist kein Auge", bellte Eugen mit hoher Stimme zurück, wobei er gleichzeitig den Herrn Pastor und Trecker-Theo anschaute, „das ist ein in die Jahre gekommener Griesbeutel, du russischer Windbeutel!"

Diese etwas längere Erklärung war an diesem Abend Eugens einziger Beitrag zum Thema Literatur. Und für diejenigen, die nur getrunken, sich aber mit keinem Wort gemeldet hatten, war die ganze Angelegenheit ohnehin zu kompliziert. So war es auch nur verständlich, ein Gespräch über den Dichter und Journalist Heinrich Heine nicht stattfinden zu lassen. Und der Vorsitzende? Der hielt sich sehr zurück, ahnend, dass diese Dichtergemeinschaft um die Eintragung als ein sogenannter eingetragener Verein gewiss herumkommen werde. Dann befassten sich seine Gedanken kurz mit dem Inhalt der untersten Schublade seines Schreibtisches, darin die Seiten seines Briefes von der Reise nach Kreta, ruhten. Diesen Brief wollte er demnächst seinen Mitgliedern zu Gehör bringen, weil er ihn für eine Form der Literatur hielt.

Noch eine geraume Zeit saßen die Männer beieinander, tranken zügig, bis ihre grimmigen Gesichtszüge endlich wieder zu ihrer Normalität zurückfanden. Die Runde wurde immer lustiger, und Wilma freute sich über einen ordentlichen Umsatz. Zu guter Letzt kamen die mittlerweile angetrunkenen, aber noch einigermaßen geistig funktionierenden Männer überein, von der selbst zu verfassenden Literatur die Nase voll zu haben, was augenblicklich den Herrn Pastor veranlasste, sich etwas schwerfällig von seinem Stuhl zu erheben und mit Rührung und vom Trunke geprägter Heiserkeit in der Stimme dem Vorsitzenden für dessen nunmehr zurückliegendes, aufreibendes Ehrenamt zu danken. Seine zu Ende gebrachte kurze Rede führte dazu, dass sich Herr K. bemüßigt sah, seinerseits mit dem Schnapsglas gegen das Bierglas zu stoßen, aufzustehen und den Vereinskollegen für das ihm entgegengebrachte Vertrauen zu danken. Dann kündigte er an, bei nächster Gelegenheit und in leutseliger Runde hier an gleicher Stelle seinen Kretabericht vorzutragen, was nicht nur zur gefälligen Unterhaltung beitrage, sondern auch der Weiterbildung ganz allgemein; und ob alle damit einverstanden seien. Sie waren es und applaudierten sogar. Sie waren voll des Lobes für ihren Konrad, dem zwei, es konnten auch drei sein, Tränen der Ergriffenheit die Wangen hinunterliefen. Dann prostete jeder jedem zu, und auch Herr K. hielt wieder ein volles Bierglas in die Höhe, welches Wilma ihm nicht verwehrt hatte, in der Gewissheit, dass es nicht auf seine Kosten ging. Und während er das Gebräu den Adamsapfel passieren ließ, fragte er sich still, für welche Leistungen der Pastor ihm eigentlich gedankt habe.

Als sich die Männer nach acht Tagen wiederum im Gasthaus versammelten, nicht, um erneut Dichtermusen zu wecken, erneuerten sie ihre Freundschaft, so, wie es sich gehörte: mit reichlich Korn, Kümmel und Bier. Dabei fragten sie das gegenseitige Befinden ab, erkundigten sich anteilnehmend bei einem Mitanwesenden, dessen Name hier unerwähnt bleiben soll, ob dessen Gattin nach ihrer glücklich überstandenen Schwindsucht nun endlich das Zigarettenrauchen aufgegeben habe und stattdessen, beispielsweise, Pfefferminzbonbons lutsche?

„Gott sei Dank!", rief der Angesprochene freudig aus, „sie hat alles gut überstanden. Pfefferminzbonbons lässt sie aber weg, weil sie von denen immer einen rauen Hals kriegt. Von Zigaretten will sie natürlich auch nichts mehr wissen, sie raucht jetzt nur noch Pfeife."

Und sie erkundigten sich bei einem anderen, dessen Name hier ebenfalls nicht genannt werden muss, ob der ehedem zeitweilig dommelige Vetter endlich wieder gesund aus dem Landeskrankenhaus entlassen worden sei. Auch diese Antwort gab Anlass zur Zufriedenheit:

„Ja ja ja, das ist er! Nur eine Kleinigkeit ist geblieben: Er will Besucher immer noch in die Waden beißen."

Und auch dem Totengräber Franz-Friedrich wurde Aufmerksamkeit zuteil. „Geschäftlich läuft es nicht besonders", gab er sich etwas niedergeschlagen, „ihr wisst ja, die Menschen leben heutzutage viel zu lange, und Kinder werden immer weniger geboren, trotz des hohen Kindergeldes. Momentan ist jedenfalls nicht viel los auf dem Friedhof. Wenn ich durchs Dorf gehe, sehe ich mich immer wieder um, ob nicht bald der eine oder andere Uralte an der Reihe ist. Ihr wisst ja, ich werde nach Anzahl der Begräbnisse bezahlt, allerdings mehr schlecht als recht." Er schaute zum Bauern Korte hinüber: „Das, Bürgermeister, muss doch mal gesagt werden", woraufhin der erwiderte: „Ich lasse mir das mal durch den Kopf gehen. Wenn du zusätzlich die Hecke um den Friedhof schneidest, erhältst du ein paar Euro mehr ... oder einen Kasten Bier monatlich."

„Dann nehme ich den Kasten Bier", entschied Franz-Friedrich und verfiel ins Historische: „Ach, was waren das in unserer Jugend für den Totengräber gute Zeiten. Da gingen die Männer, im Gegensatz zu heute, mit fünfundsechzig in Rente und keinen Tag früher. Kurze Zeit später lagen sie unter der Erde, und die Enkelkinder hatten ihre auflebenden Omas, die nun nicht mehr ihre morschen, übellaunischen Gnatter zu ertragen hatten, endlich für sich. Heute leben auch die Männer wesentlich länger. Da fällt mir noch ein ..."

Weiter kam der Franz-Friedrich nicht, der Herr Pastor unterband abrupt dessen Ausführungen. „Wir sind hier nicht versammelt, mein Sohn, um über Lebensalter und Begräbnisse zu diskutieren, wir wollen nichts weiter, als von der Drangsal des Alltags ausspannen."

Plötzlich kam ihm Herrn K.s Reisebericht in den Sinn, und augenblicklich fragte er die Freunde, wobei er gleichzeitig bei Frau Wilma eine weitere Runde Bier bestellte, ob nicht der liebe Konrad, verdienter Vorsitzender a.D., seine Geschichte hervorholen solle, um sie alle für ein paar Minuten in eine andere Welt zu entführen. Die Männer schlugen mit der flachen Hand rhythmisch auf die Tischplatte, was Zustimmung bedeuten sollte. Also stand Herr. K. auf und verließ den Raum.

In der Zeit seiner Abwesenheit nun ein paar allgemeine Worte über das spezielle Niveau der einen Zeitgenossen und das der anderen. In der Regel ist das Niveau für die einen unveränderlich, für die anderen auch. Normalerweise wäre zumindest ein Teil der bisherigen Begebenheiten keiner Aufzeichnung wert gewesen, und auch das übernächste und das letzte Kapitel wären es nicht. Doch lassen wir unsere Freunde in den nächsten zwei Minuten einmal in Ruhe, um näher auf das eben Gesagte einzugehen. Für uns ist es immer wieder höchst angenehm, händereibend schadenfreudig zu verfolgen, wenn zweifelhaftes, unbeherrschtes Benehmen und emotionale Auswüchse mancher Mitmenschen ein zuvor gegenseitig verständnisvolles, gar vertrauliches Verhältnis zunichte machen. Ist es nicht herrlich, dass es sie gibt, nämlich die einen mit ihren zwar ebenso zielgerichteten Aktivitäten, aber vielfältigen Sorgen, Nöten, großen und kleinen oft nicht behebbaren Fehlern? Wie langweilig wäre es doch für uns, wenn wir uns darüber nicht mehr amüsieren könnten. Wir sind gemeint, also die anderen, wir, die überaus Gescheiten, die Vorurteilsfreien, die Vornehmen, die sich stets Beherrschenden, die immer über den Dingen Stehenden, grundsätzlich Fehlerlosen und zu jeder Zeit freundlich Gesinnten und Hilfsbereiten. – Oder ist es nicht so, dass unser lautes Gelächter unsere eigenen Unzulänglichkeiten überdecken soll? – Unzulänglichkeiten? Ach was, wir sind doch frei davon.

8. Kapitel

Wohltuender Applaus für Herr K., der schnell wieder auf der Bildfläche erschien, unter dem Arm eine dünne Mappe geklemmt. Auf dem Weg zu seinem Platz schloss er für zwei Sekunden die Augen und sieht sich als Autor und Lesender auf die Bühne in einem Festsaal steigen. Frenetischer Vorwegbeifall beflügelt ihn hinauf, begleitet vom ankündigenden Fanfarengeschmetter aus AIDA.

Doch schnell wurde die innerliche Szenerie ausgeblendet und Herr K. saß wieder auf seinem Platz, blickte dankbar in die Runde und freute sich, dass der Herr Pastor mit der neuen Bestellung bei Frau Wilma auch ihm ein Glas Bier hat vorsetzen lassen. Dann wartete er höflich, bis der Herr Pastor zuerst das Gläschen Korn bis in Augenhöhe hob, ein lautes „PROSIT!" den Männern ins Gesicht prallen ließ, und dann nach dem Eindringen des Schnaps' in die Mägen der Anwesenden das Ganze mit dem vollen Bierglas wiederholte. Nach diesem Prozedere nickte er Herrn K. auffordernd zu. Der nickte zurück, ließ vom Magen plötzlich hochsteigende kohlensäurehaltige Luft durch die Nase entweichen, was im Nasengang heftiges Kribbeln verursachte. Nach Niesen und Schnäuzen schlug er seine Mappe auf, schaute wieder in die Runde und stellte seiner Lesung folgende Erklärung voran:

„Mein lieber Herr Pastor, lieber Eugen und all ihr anderen lieben Freunde, was ich euch vorlesen möchte, ist keine Reisebeschreibung in bekanntem Sinne, sondern eine etwas ausführlichere Erlebnisschilderung. Aber egal, ob Reisebericht oder Erlebnisschilderung, sagen wir auch ganz einfach Brief. Ich schickte ihn an meinen vor rund zehn Jahren pensionierten Lehrer, den ich immer sehr geschätzt habe. Dieser Oberstudienrat unterrichtete Physik, das

Geschichtswissen indes fehlte ihm. Der Lehrer liebte den längst abgelegten Schreibstil früherer Zeiten, und so hatte ich versucht, mich in diesem Stil in zu äußern, was mir leider nur oberflächlich gelang. Also:

Hochverehrter Herr Oberstudienrat!
  Mit meinen folgenden Eindrücken von meiner Reise nach Kreta erlaube ich mir, etwas Ablenkung in Ihr ernstes Alltagsdasein zu bringen, wobei ich mir Mühe gebe, nicht in blasse Ausschweifungen zu geraten.

Jawohl, zum Ausgangspunkte unserer gesamten abendländischen Kultur führte uns ein allseits beliebter und älterer Freund, der, mit Verlaub, mit seinem markanten Profil an einen Nachfahren griechischer Götter erinnert. So kam in uns – wir veranstalteten das Abenteuer übrigens zu viert – bereits weit vor der Reise nicht von ungefähr der Verdacht auf, er habe nicht uneigennützig den Ort Malia auf Kreta gewählt, was jedoch keineswegs Ungemach bei uns Reisewilligen hervorrief. Außerdem war er uns auch nie mythenumgarnt vorgekommen. Dagegen zollten wir ihm für seine Planungs- und Durchführungsbemühungen höchste Anerkennung. Leider schloss er sich uns nach Kreta nicht an, mit der Begründung, Antialkoholiker zu sein.

Ihr Einverständnis vorausgesetzt, beginne ich nun mit der chronologischen Aufzeichnung des Reiseverlaufs und unserer Erfahrungen. Zunächst trafen wir uns auf dem Flughafen in Hamburg. Unsere Stimmung war natürlich den Erwartungen entsprechend angepasst und vor allem, wir benahmen uns diszipliniert. Die Zeit vor dem Abflug empfanden wir weder zu kurz noch zu lang, gerade ausreichend, erforderliche Formalitäten vor- und ein zweites Frühstück einzunehmen. Bei der Gelegenheit ergingen wir uns in vorausschauenden Gesprächen, ja, wir überprüften insgeheim so manches gesagte Wort, ob es nicht irgendwie altgriechisch angehaucht sei. Natürlich verdankten wir diese unsinnige Überlegung unserer übersteigerten Fantasie. Gewiss, hätten wir es zustande gebracht, unsere Gedanken auf griechisch-mythischer Ebene zu entwickeln, wären wir im Geiste Gottvater Zeus bestimmt ein Stück näher gekommen. Doch einerseits war jedem von uns das Griechische weitgehend fremd, zum andern saß Zeus, wie wir annahmen, fernab auf dem Olymp, sodass er von unseren Absichten ohne Kenntnis war und blieb.

Auf dem Flug zur Insel der Heiligen Hörner ging dann jeder von uns in sich, sog den Odem der himmlischen Ruhe ein, trotz der monoton singenden Triebwerke, die sich im Übrigen, wie auch das komplette Flugzeug, ganz dem Willen des Herrn Flugkapitäns fügten. Meine Gedanken galten aber auch dem Ikarus, der aufgrund seiner bodenlosen, leichtsinnigen Überschätzung seines Flugmaterials aus dem Himmel ins Meer gestürzt war. Er hatte nicht die heißen Strahlen der Sonne einkalkuliert, die ihm letztlich die wächsernen Flügel schmolzen.

„Außentemperatur minus sechzig Grad Celsius", meldeten die in bestimmten Abständen über den Sitzreihen hängenden Fernsehgeräte. Sechzig Grad minus, und das in elftausend Metern Höhe! Stellen Sie sich das einmal vor, hochverehrter Herr Oberstudienrat. Hätte der Jüngling Ikarus diese Höhe erreicht, wären ihm die Flügel nicht geschmolzen, stattdessen wären sie von der Kälte zerbröselt worden, und der junge Mann gleich mit. Aber in diese Höhenschichten trauten sich weder Götter noch Menschen, denn wie zu vermuten ist, waren die damaligen Sauerstoffgeräte – mit Luft gefüllte Ziegen-Euter – längst nicht das, was sie heute sind.

Problemlos verlief die Landung in Heraklion, der kretischen Hauptstadt. Umsäuselt von einem weichen Winde, geschickt von den Söhnen des Zeus oder von dem über dem östlichen Mittelmeer liegenden Hoch, richteten wir, bereits auf dem Vorplatz des Flughafengebäudes, unsere Blicke zunächst auf den Nahbereich, der uns nicht sonderlich ansprach. Vom Busparkplatz aus nahmen wir dann die Rundungen entfernter, hoher, aber baumloser Berggipfel in Augenschein, die sich bei genauerer Betrachtung wie auf dem Rücken liegende, schwangere Sirenen ausmachten. Bitte verzeihen Sie mir diese Offenbarung eventuell obszöner Gedankengänge, werter Herr Oberstudienrat. Doch unserer Erziehung nachkommend, beschlossen wir, fürderhin unsere Fantasien im Zaum zu halten.

Nach rund 45 Minuten Busfahrt durch die Küstenregion – links das tiefblaue Meer, rechts in oft wechselnden Entfernungen die grünen Anstiege der Berge –, erreichten wir Malia, den geschichtsträchtigsten Ort der Insel neben Knossos und Phaistos. Und dort am Meeresgestade empfing es uns in äußerlich schlichter Erhabenheit, mit Hauptgebäude und Reihenbungalows: das kernige Hotel Kernos Beach. Diese anständig hergerichtete Herberge war für die nächsten Tage unsere Unterkunft, Tage, die dann auch nicht spurlos an uns vorübergehen sollten – wohlgemerkt in kultureller Hinsicht!

Die auch für ein Ferienhotel ungewöhnlich weite und jeden Tag pfleglich bearbeitete Parkanlage ist eine Besonderheit für sich. Sie ist, nimmt man die Worte einer romantischen Person, der Inbegriff und die Wiedergabe griechischgöttlicher Lieblichkeit. Hier bestaunten wir die Flora des ganzen Mittelmeerraumes, mit Palmen aller Art; Oleander- und Margeritengehölzen; jungen und alten Pinien. Einladend zu manch erbaulichen Zielen führten steinplattene Wege, hier und dort gesäumt vom Jacaranda, von pitralonduftenden Zedern, Gummibäumen sowie Hibiskusbüschen mit ihren großen, zur Sonne hin geöffneten Kelchen in unterschiedlichen, strahlenden Farben; dazu Geranien, über zwei Meter hoch. Gleichmäßig gewachsen dominierten gewaltige Agaven, ihre langen, breiten und fleischigen Blätter wie schützend über den Rasen spannend. Der mannigfache und bunte Reigen nahm kein Ende; und um alles Gedeihende erklärend aufzählen zu wollen, müsste ich ein des Schreibens kundiger Gartenarchitekt sein. Die Pracht bis hin zum feinsandigen Strand war eindeutig angelegt im Sinne kulturträchtiger Hochzeiten uns schwer vorstellbarer Zeitabschnitte. So lassen Sie mich, sehr verehrter Herr Oberstudienrat, immer noch im Überschwange, verfallen in den Anfang eines Gedichtes, welches ich, so es mir an Intuition nicht mangelt, fürderhin in wohltönende Verse versetzen werde:

So bleibe geheiligt, Land des Zeus mitsamt den Göttern, wo Mythen uns Unsterblichkeit vermitteln ... oder so ähnlich. Bitte sehen Sie mir wohlwollend nach, wenn ich Sie dreist frage: Treten Ihnen da nicht ein paar Tränchen ins Auge?

Am Abend dann im lauschigen, herrlich kühlen Tavernenhofe des Hotels, dicht und sattgrün überrankt von Weinreben, ließen wir uns nieder mit fremden, eine Stunde später vertrauten Gästen. Und noch etwas später versprühten wir trunkene Heiterkeit, die um Mitternacht ihren Abschluss fand. Hier bitte ich höflichst, mich nicht falsch zu verstehen:

Wir alle unterlagen – und das nicht ungern – dem Geist verwirrender, lauer Lüfte im kühlen Silberglanz des fülligen Mondes und natürlich auch dem Wein. Sie wissen, was ich meine?

Am Morgen des zweiten Tages unseres Aufenthaltes fand ein offizieller Empfang auf der weiten Dachterrasse des sehr zu empfehlenden Restaurants statt. Bei dieser Gelegenheit erfuhren wir auch einen Großteil kretischer Mythologie und Geschichte. Was allein die Mythologie anging, wovon ich Ihnen nur einen bescheidenen Teil in diesem Bericht zur Verfügung stellen kann, so standen allen zuhörenden Gästen gelegentlich die Haare zu Berge, jedenfalls jenen, die noch welche aufzuweisen hatten. Ursprünglich residierte in griechischen Gefilden, und somit auch auf Kreta, Gott Kronos. Nach ihm ist übrigens eine Chemikalienverwertung benannt, präzise: Kronos Titan. Sie wissen vermutlich, jene Unternehmung, die Säuren in die Nordsee entsorgt; vielleicht heute nicht mehr erlaubt. Die Benennung des Entsorgers nach dem Gott Kronos war durchaus gerechtfertigt. Zwar hat dieser Kronos die Meere nicht mit Säuren bedacht, so doch aber seine eigenen Kinder verschlungen, was gewiss nicht minder verwerflich war. Nun, es schickte sich glücklich, dass er vergaß, seinen jüngsten Sohn hinunterzuwürgen. Diesen Buben, mit Namen Zeus, versteckte seine Mutter Rheia in einer Berghöhle im Massiv des Dikte oder Ida. Zeus wurde in seiner Entwicklung zum Manne dermaßen stark, hauptsächlich mithilfe fetter Ziegenmilch, dass er hernach seinen grausamen Vater in den Tartaros stürzte, nicht aber ohne ihn vorher gezwungen zu haben, die Geschwister wieder auszuspeien. Das mutet verwunderlich an, bedenken Sie aber, dass unter Göttern andere Naturgesetze gelten, und außerdem soll ihnen die Magensäure fehlen. Und Tartaros ...? Das können Sie nicht wissen, verehrter Herr Oberstudienrat, Tartaros ist ein Teil der Unterwelt. Verwunderlich ist aber auch, dass Zeus seine Schwester Hera zur Gemahlin nahm, nein, nicht die Hera Lind, die hat mit der Götterwelt nichts zu tun, jedenfalls nichts mit der griechischen. Zu der Zeus-Ehe: Einige Nachkommen aus dieser Verbindung sind mit Sicherheit, und das ist auch für Götter und Göttinnen nicht so einfach hinzunehmen, ~~bekloppt~~ geistig etwas durcheinander auf die Welt gekommen. Doch wurde das ausgeglichen durch eine große Anzahl illegitimer Kinder, die Zeus so nebenher gezeugt hat. Er konnte sich das erlauben, schließlich war er Gott und sehr potent. Aber all das reichte ihm nicht. Er war der Gott, für den es vorrangig schien, hinter Weiber her zu sein. So machte er sich eine der Töchter des Königs Agenor von Thyros gefügig, was ihm dadurch gelang, indem er sich in einen weißen Stier verwandelte. Dergestalt und ohne Aufsehen zu erregen, entführte er das Königskind. Wenn Ihnen, verehrter Herr Oberstudienrat, griechische Mythen nicht geläufig sind – Sie verrieten es mir einmal –, so erinnern Sie sich doch gewiss des Gemäldes Europa auf dem Stier. Ja, es war die Dame Europa! Dem Gerede nach soll sie sich nicht zur Wehr gesetzt haben; denn mit einem Stier, so sicherlich ihre unerhörten Gedanken, sei das doch mal etwas anderes. Nun, was geht uns das an.

Weit ab vom Schuss spielten sich dann die Liebesnächte ab, nämlich in Gortys im südlichen Kreta. Vermutlich hatte dabei Zeus seine Stiergestalt abgelegt, zu leicht hätte Europa Schaden erleiden können, wenngleich sie von robuster Natur gewesen ist. Erwiesenermaßen zeugte Zeus mit ihr drei Söhne: Minos (eigentlich ein Titel wie Kaiser oder König), der Knossos begründete; Rhadamanthys, der im Palast zu Phaistos regierte; Sarpeon, der auf fruchtbarem Boden Ort und Residenz Malia entstehen ließ, also den Ausgangspunkt unserer kulturschweren Ziele, aber auch nächstgelegener Tavernen.

Die Dame Europa gab uns zwar ihren Namen, aber maßgebliche Zivilisationsimpulse gingen erst dann von Athen auf uns über – in Athen residierte übrigens eine Enkelin Europas –, nachdem die kretische Hochkultur versunken war.

Doch weit davor regierte Minos mit seiner Frau Pasiphae, Tochter des Helios, im Palast von Knossos. Infolge eines Streites mit Bruder Sarpedon schickten die Götter dem Herrscher Minos, der sie um Rat angegangen war, einen Stier, den er im Namen Poseidons opfern sollte; danach sei für ihn dann alles zufrieden stellend geregelt. Doch Minos ließ den Stier am Leben. Dies wiederum ärgerte den Poseidon dermaßen, dass er Pasiphae in Liebe zu dem Stier erglühen ließ. Es folgte, logischerweise, ein Seitensprung, woraufhin der so genannte Minotaurus geboren wurde: ein Untier in Mannsgestalt mit einem Stierkopf. Mit Stieren hatten die mythischen Griechen viel zu tun, was sie mit vielerlei Nachbildungen zum Ausdruck brachten. Steinerne Zinnen, beispielsweise, waren Stiergehörnen nachgebildet, als wirksamer Schutz gegen Angreifer indes nicht besonders geeignet.

An dieser Stelle machte Herr K. eine Pause, in der er in die angespannt schweigende Runde sah und fragte, ob es angebracht sei, erst einmal eine neue Ladung Bier und Korn zu bestellen. Solch ein Vorschlag wurde natürlich sofort einstimmig angenommen, und Herr K. konnte sich erholen. Nach etwa fünfzehn Minuten, nachdem er erste Fragen beantwortet hatte und Korte vorsorglich eine neue Runde Bier und Korn von Wilma hatte auffahren lassen, setzte Herr K. seine Vorlesung fort:

Pasiphae gebar also den Minotaurus. Der wurde schnell erwachsen und ernährte sich ausschließlich von Menschenfleisch, was dem König Minos nicht einerlei war. Er ließ ein unüberschaubares Labyrinth auf seinem Palastgrundstück mauern, in dessen Mitte ein Raum für den Stiermenschen eingerichtet worden war, ein Gefängnis, aus dem das Untier nicht ausbrechen konnte. Minos entzog sich dadurch des Scheusals Blicken. Die Belegschaft des Palastes wagte sich ohnehin nicht ins Labyrinth. Nur die speziell Eingeweihten gingen hinein, wobei ihnen geheime Zeichen auch den sicheren Weg zurückwiesen. Der Minotaurus benötigte hin und wieder Wasser; und wie stand es mit seiner Verpflegung? Nun, auf Grund besonderer Umstände – es würde zu weit führen, sie Ihnen aufzuzeichnen – mussten dem Ungeheuer per anno sieben Jünglinge und eine ebensolche Anzahl Jungfrauen zum Fraße angeboten werden, und stammen mussten sie ausnahmslos aus Athen. Das waren dann insgesamt vierzehn Personen, womit der Stiermensch auch auskam. Zustände waren das damals, einfach grauenhaft. Und dann jedes Mal das Geschrei der menschlichen Opfergaben. Er hat sie abgenagt wie wir Hähnchenschenkel. Wie lange diese Merkwürdigkeit ging, ist mir leider nicht bekannt. Nun, im Labyrinth kündigte sich die Wende an. In Athen wohnte nämlich ein junger Prinz, der die ganze göttliche Angelegenheit auf Kreta unwürdig fand: Theseus mit Namen. Dieser griechische Held reiste kurz entschlossen nach Knossos und gab sich als Futter für den Minotaurus zu erkennen. Also wurde er ihm vorgeführt. Der Stiermensch, vorfreudig sein vermeintlich leckeres Zwischenmahl erst einmal willkommen heißend umarmend, spürte gleich darauf einen recht schmerzhaften Stich, der ihm augenblicklich die Sinne raubte und fünf Sekunden später auch das Leben. Noch am selben Tage wurde der Stiermensch der königlichen Abdeckerei zugeführt.

Den Beweis des Kampfes möchte ich Ihnen nicht schuldig bleiben: siehe Fotokopie. Das Original hinterließ der damalige Palast~~fotograf~~zeichner.

Die Minos-Tochter Ariadne, die, wie ich meine, sich auskannte und dem Theseus den steinernen Irrgarten

öffnete, war die entscheidende Hilfe. Nun, die Sache war erledigt und Theseus verabschiedete sich von der Königsfamilie, aber nicht von Ariadne, denn die nahm er mit, gewissermaßen als Lohn seines Mutes. Doch die große Liebe wurde es nicht. Darf ich voraussetzen, verehrter Herr Oberstudienrat, dass Sie wissen, was ich meine? Theseus entledigte sich der Ariadne auf Naxos, wo sie während der Reise nach Athen Station machten. Die junge Dame fand auf der Insel aber schnell wieder Anschluss, denn ein dort sehr honoriger Herr namens Dionysos – nicht mehr der Jüngste – hechelte hinter ihr her und nahm sie dann mit nach Hause. So war am Ende jeder zufrieden, und Theseus setzte seine Reise fort.

Des Weiteren bin ich so frei, Sie mit einem damaligen interessanten Spiel bekannt zu machen, so es mir denn gelingt: Die hochwohlgeborene Herrschaft im Palast von Knossos huldigte einem Vergnügen, indem sie sportlich trainierte Männer, je nach Bedarf und nacheinander, über einen lebenden Stier hechten ließ, und das von vorn nach hinten, also über Kopf und Schwanz. Ein Mägdelein von besonders stattlicher Statur, so etwa einen Doppelzentner schwer, fasste von der Seite aus mit hartem Griff die Hörner des Stieres, worauf dieser der Ansicht war, ihm könne nichts Unangenehmes widerfahren. Derweil nahm weit vorn ein ausgewählter Jüngling einen mächtigen Anlauf, mit dem Ehrgeiz, über den Stier einen Hechtsprung zuwege zu bringen, wobei er im Salto sich mit den Händen auf des Tieres Rücken nochmals einen ordentlichen Schwung gab, um dann hinter dem Stier mit den Füßen zuerst zu landen. Ging sein Vorhaben auf und er landete einigermaßen sicher, so wurde er etwas später im Verlauf einer Feierstunde einen Kopf kürzer gemacht – sozusagen die Belohnung für seine herausragende Leistung. Misslang ihm der Sprung, so durfte er sich weiterhin seines Lebens freuen, es sei denn, er steckte, ein letztes Mal heftig zappelnd, auf des Stieres mächtigem Gehörn. Das geschah dann, wenn der Stier sich veralbert fühlte und mit heimlicher Wut im Bauch den Anlauf des Springers entgegen sah. Dann war auch die schwere Maid nicht in der Lage, den Kopf des Stieres zu bändigen. Es war Hose wie Jacke, wenn ich das mal so zum Ausdruck bringen darf, wie das Tun eines Springers endete: Die Götter- und Sportabteilung der Palastverwaltung konnte in jedem Fall die Sporthilfe streichen.

Die Tage in heißer Sonne, verehrter Herr Oberstudienrat, verliefen zumeist geruhsam, wie sich das gehört. Allerdings wurden morgens bei einigen von uns, doch ja, ich soll besser sagen, bei allen, gerötete Augen bemerkt. Doch glücklicherweise legte sich bereits selbigen Tages wieder der alte Glanz auf sie, spätestens nach dem zweiten Glas Wein am Abend.

Unterschiedliche Ausflüge, in kultureller Hinsicht, belebten manche Stunden. Gottlob, da reißt man sich zusammen und beschwört die Geschichte herauf. So besuchten zwei von uns – ich hatte die Ehre, einer von beiden zu sein – mittels Ausflugdampfer die hoch aus dem Meer ragende Insel Santorini, die vor vielen, vielen hundert Jahren durch einen der größten bekannten Vulkanausbrüche der Erdgeschichte so quasi halbiert worden war – oder war das noch weitaus früher ...? Egal, kaputt ist kaputt.

Betrachtet nun der Besucher von der weißen Stadt am obren Rand Santorins aus die nah und weit verstreut liegenden Inseln, das tiefblaue Wasser und über allem den von Horizont zu Horizont sich spannenden ebenso tiefblauen Himmel, dann kann er sich auch ohne großartige Fantasieeigenschaften in einer anderen Welt wähnen, tatsächlich in einer antiken Götterwelt. Kommt er mit der Mythologie der Ägäis zurecht, so glaubt er fortan an die selbige. Es heißt auch hier und da, dass der vom Vulkanausbruch entstandene Tsunami mit seiner Wucht das nördliche Kreta überflutete und der gesamten Hochkultur um das herrschende Knossos herum den Garaus machte.

Unsere beiden anderen Gefährten hingegen fanden es dringlicher, jenen unglücklichen Menschen zu gedenken, die an den Segnungen kretischer Kultur nicht hatten teilhaben können: die Leprakranken sind gemeint, ausgesetzt anno dazumal auf einem winzigen Eilande unweit Kretas, von wo aus sie lebend nicht mehr herunterkamen. Ein schweres Los, fürwahr. Diesen Ort des Elends und Sterbens besuchten also unsere zwei Freunde, wobei ihnen, unvorhergesehen, der überaus heiße Schirokko zu schaffen machte.

Nun wäre, sehr verehrter Herr Oberstudienrat, von Kreta weitaus mehr zu berichten, doch bin ich mir nicht sicher, ob meine Beschreibungen Ihr Gehirn, Ihre

Zeit nicht zu sehr in Anspruch nehmen. Ich möchte es daher und vorerst bei zwei abschließenden Merkwürdigkeiten bewenden lassen.

Als Freund der Künste ist Ihnen sicherlich bekannt, dass ein Herr mit Namen Dominikos Theotokopulos von der Insel Kreta stammte, in Spanien indes, wo er als Kunstmaler hauptsächlich lebte und wirkte, nannte man ihn schlicht El Greco – der Grieche.

Zum anderen möchte ich noch mit einer Besonderheit aus dem Städtchen Malia aufwarten, was in allen gesitteten, urlaubenden Westeuropäern stets eine empörende Haltung auslöst. Dieser Tausende von Jahren alte und anmutige Ort Malia ist reichlich ausgestattet mit Restaurants, Tavernen und Ladengeschäften aller Art, die Läden hauptsächlich bestückt mit Töpferwaren, in einer Vielfalt, die andernorts wohl kaum zu überbieten ist. Natürlich überwiegen bei allen Figuren und Bemalungen Formen mythologischer Elemente. Einer ausgiebigeren, ja besonderen Betrachtung kommt dann unweigerlich den aus Ton modellierten Damen und Herren aus der Mythologie und der Antike zu, da diese oft nicht auf dem ersten Blick erkennbare, zweideutige, dann aber sehr deutliche Attribute aufweisen. Etliche Götter und in der Hierarchie niedere Persönlichkeiten, manchmal sogar Landschaftsgegenstände, weisen in ihren verschiedenen tönernen Darstellungen überdimensionale Phallusse auf. Beispielsweise traute ich meinen Augen nicht, als ich den lustigen Pan mit Front am Stamme eines schlanken, aber kronenlosen Baumes lehnen sah. Nun, Sie können es sich denken, der Baumstamm war kein Baumstamm! Es standen große und kleine Skulpturen nebeneinander in meterlangen Verkaufsregalen, bei denen war der Phallus größer dargestellt als dessen Besitzer oder Träger. Ist das nicht der Gipfel der ~~Sauerei~~ Unmoral? Sagen Sie selbst: Ist das nicht äußerst bedenklich, auswärtigen Besuchern so etwas zuzumuten? Was sollen denn unsere völlig arglosen Jugendlichen, so sie dort auf Besuch sind, davon halten?

Während unseres Abendspazierganges durch den Ort erinnerte übrigens die noch geöffnete Poststelle einen meiner Freunde daran, zurück in Deutschland sich endlich ein Gyroskonto einrichten zu wollen, da das nun mal so Ouzo sei. Wie es üblich ist, vergingen die Tage ...

An dieser Stelle beendete Herr K. abrupt seine literarische Vorstellung, da ihm seine Beobachtungsgabe und ein untrügerisches Gefühl signalisierten, dass er die Aufnahmebereitschaft seiner Zuhörer nicht zu sehr strapazieren dürfe.

Dem Brief hatte er wieder eine Fotokopie beigelegt, die beweist, dass ein Fernseh-Empfang ohne Antenne im Palast des Minos vor rund dreitausendfünfhundert Jahren nicht möglich war. Kabel-TV gab es noch nicht.

9. Kapitel

Die Freunde waren fast bis zum Ende Herrn K.s Bericht gefolgt. Jetzt nahmen sie an, den Schluss des Vorlesung gehört zu haben. Und weil es ihnen trotz eingesetzter Müdigkeit gefallen hat, mit einem fernen Land und seiner schauerlichen Mythologie Bekanntschaft gemacht zu haben, applaudierten sie nicht, sondern bearbeiteten mit der flachen Hand, jetzt mit abgelegter Müdigkeit, begeistert und derart heftig die Tischplatte, dass die Gläser wie aufgezogen hüpften. Das rief augenblicklich Frau Wilma auf den Plan. Erschrocken stand sie in der Tür und wollte wissen, was der plötzliche Lärm nach der vorangegangenen Ruhe zu bedeuten habe. „Das hat zu bedeuten", rief ihr lachend der Herr Pastor zu, „dass wir noch einmal die übliche Runde von dir erwarten." Das wiederum veranlasste die Kameraden, die Tischplatte erneut zu verhauen, nur nicht mehr so heftig. Bald hatte jeder sein frisches Rezept, also ein Bier und einen Korn, vor sich stehen, und der Herr Pastor vergaß nicht, sein bekanntes Prosit-Prozedere auszurufen. Sodann sah sich Herr K. bezüglich griechischer Mythen und Verhältnisse noch vielen Fragen ausgesetzt, was am Ende bewirkte, dass sein Ansehen nicht hätte höher steigen können als an diesem Abend. Nun war er für seine Freunde ein Mann von Welt, gleichgestellt mit dem Pastor und Ämterinhaber Korte.

„An und für sich", war Herrn K.s Antwort auf eine letzte Frage, und ein Ton des Bedauerns schwang in seiner Stimme mit, „wollte ich euch diese Sache als ein Beispiel vieler Literaturarten vorbringen, als wir noch auf dem Weg zu einem Dichterverein waren."

Nach diesen Worten schaute er mit fragenden Augen auf den Herrn Pastor, der ihm mit augenblicklich einsetzender Trauer im Herzen und wässrigen Augen zunickte, der bestätigend klagte: „Welch ein Jammer über das Nichtzustandegekommene, welch ein Jammer ist uns da beschieden. Das Berühmtwerden haben wir sausen lassen, für nichts und wieder nichts. Nun ja, nun ja ..."

Das von Herrn K. vorgetragene Thema wurde aber noch nicht zu den Akten gelegt. Einige Dinge daraus mussten noch geklärt werden. Schwer taten sich mit den gehörten mythologischen Dingen alle Tischbesetzer, nimmt man den Herrn Pastor einmal heraus. In Kaninchenzüchter Kuno hallte, beispielsweise, das Unbegreifliche intensiv nach, und er sagte, über das Gehörte noch eine Zeitlang ordentlich nachdenken zu wollen, gewissermaßen so nach und nach alles Revue passieren zu lassen; das biete sich gut in der Zeit an, wenn der Rammler zugange wäre. Und Bauer und Bürgermeister Korte, sprach er weiter, könne sich ja einmal vor Samuel stellen, seinem Prachtbullen, und sich ausrechnen, welch einen Anlauf er nehmen müsse, um das Vieh im Hechtsprung zu überwinden. Doch rate er dringend von der Ausführung ab. Denn danach einen aufgedunsenen Eunuchen am Stammtisch sitzen zu haben, sei gegen ihre Mannesehre. Ja, um auf diese Tischrunde zurückzukommen: Er habe es nie für möglich gehalten, neben dem Pastor und dem Bürgermeister mit einer weiteren Persönlichkeit des Dorfes, nämlich mit dem teuren Konrad K. befreundet sein zu dürfen, einer Persönlichkeit, die nicht nur ausgestattet sei mit einem enormen Wissen über ein mühevolles Land, sondern der daselbst an den Orten des Geschehens alles habe studieren können.

Mit dieser elend langen Lobeshymne kam nun auch Kaninchen-Kuno zu vorübergehendem Ansehen. Das Ansehen des Herrn Pastors und des Bürgermeisters Korte bedurfte keiner neuen Bestätigung, ihr Stand in der Dorfgemeinschaft war unerschütterlich.

Nun erhob sich noch einmal Herr K. von seinem Stuhl, gerötet das Gesicht vom Stolz und vom Korn, verbeugte sich schweigend nach links, nach rechts und nach gegenüber, wobei er Tränen der Rührung in Eugens Augen gewahrte. Dem alten Manne ging es nahe, auf seine späten Tage, obgleich er Herrn K.s Vortrag nicht hatte folgen können – manch anderer aber auch nicht –, diesen Abend noch erlebt haben zu dürfen.

Herr K. nahm seinen Platz wieder ein, und Bürgermeister Korte stand seinerseits auf, hob zu sprechen an, brachte aber vor Ergriffenheit keinen Ton heraus, beschrieb stattdessen der wieder im Türrahmen stehenden, zufrieden grinsenden Frau Wilma mit der Hand einen liegenden Kreis, schickte ein weiteres Zeichen, einer schreibenden Handbewegung ähnlich, hinterher, was bedeuten sollte: „Meine Runde – und alles auf meinen Deckel!" Und nachdem der Bürgermeister sich wieder auf seinen Stuhl hat fallen lassen, und bevor der Herr Pastor zu irgendwelchen Schlussworten ansetzen wollte, berichtigte Herr K. mit milder Stimme nebenher den Kaninchenzüchter:

„Du meintest vorhin nicht mein Wissen über ein mühevolles Land, mein lieber Kuno, sondern über ein mythologisches, du hast dich also nur versprochen, nicht wahr?"

„Ja, ja, so ist es", erwiderte Kuno forsch, „ja, ja, genau das wollte ich sagen", obwohl ihm längst entfallen war, was er überhaupt gesagt hatte.

Mit Worten zurückgehalten hatte sich Theo, der Mann mit der Wildsaugeschichte. Doch nun ging er, von der herzlichen Stimmung eingeholt und überwältigt, aus sich heraus, stand auf und schüttete, die Hände leicht erhoben, seine Freude und Zufriedenheit über die Häupter der Freunde aus und versprach, nicht nur die nächste Runde Bier und Korn übernehmen zu wollen, sondern nächstens am Waldrand zu Ehren aller Stammtischbrüder auch Salut zu schießen. Und auch Quatscheslaw Neumann sah sich veranlasst, sich noch einmal zu melden, diesmal allerdings lobend, als Zeichen, sich voll integriert zu wissen:

„Konrad gutt Mann, Hoofmaan bei Fallerleben gutt Mann, Wilma gutt Frau, Pastor serr schlau!" Und da in diesem Moment niemand aus der Runde aufstand, so stemmte er sich hoch, schwankte leicht, ergriff sein Bierglas, stieß es senkrecht in die Luft, wobei er gleichzeitig ein raues NA SDROWJE! in den Raum brüllte. Dann setzte er das Glas an den Mund, trank es leer, stellte es hart auf den Tisch zurück, wischte sich mit dem Handrücken über den Mund, hob das blaurote Gesicht und stimmte mit gewaltigen Tönen die russische Nationalhymne an. Doch weit kam er damit nicht. Bürgermeister Korte fuhr hoch und unterbrach des Sängers musikalische Einlage zu Ehren des Landes aller Reußen mit donnernder Stimme: „Dunner und Deibel nochmal! Hör up, du Dösbaddel! Auch wenn wir inzwischen keine Feinde Russlands sind: Du bist Deutscher und gewöhnst dich gefälligst an *unsere* Hymne. Nächste Woche möchte ich sie von dir hören, Wort für Wort, laut und deutlich. Als Bürgermeister kann ich das von dir verlangen."

Die resoluten Auftritte, einerseits des gehinderten Sängers, andrerseits des Bürgermeisters, lösten erst allgemeine Heiterkeit, dann dröhnendes Gelächter aus, was die beiden Auslöser aber keineswegs davon abhielt, in das Lachen mit einzustimmen.

Mit all den löblichen Einstellungen und Schwüren einer neu besiegelten Männerfreundschaft, was letztlich jeder der Anwesenden allein gefühlsmäßig höher einstufte als das äußerst mühsame Dichten und Mitgestalten in einem Literatur-Verein, verließen wir gleich darauf heimlich das Geschehen in der Gaststätte, noch bevor die ehemaligen Literaten, sich gegenseitig stützend, hinaustorkelten.

10. Kapitel

Leider ist es so, liebe Leserinnen und Leser – ja, es muss das Wort *leider* benutzt werden, da dieses Kapitel unsere Geschichte unterbricht, sozusagen gewaltsam spaltet –, dass Herr K., in seiner Eigenschaft als zurückliegender Literatenvereinsvorsitzender einen Mann, von dem er angenommen hatte, auf einen besonderen Schreiber gestoßen zu sein, für einen Vortrag im Kreis seiner Mitglieder gewann. Solch eine Veranstaltung würde nicht nur seinen gesellschaftlichen Stand enorm festigen, sondern vor allem seinen Literaturmitgliedern einen Leistungsschub geben. Der Mann aus Bargteheide, den er versicherungsmäßig beraten hatte, war beruflich in der Anthropologie zu Hause. In Herrn K.s Kopf aber hatte sich augenblicklich der Begriff Anthologie festgesetzt, war aber missverstanden von seinen Ohren. In der kurzen Zeit, in der er seinem Literaturverein vorstand, hatte er sich diese und jene Begriffe aus der Schreibkunst angeeignet. Somit wusste er, dass die Anthologie eine Sammlung von Prosastücken beinhaltet, verfasst von mehreren Autoren. Und als sein Kunde ihm auch noch gestand, als Autor schon so einige Dinge zuwege gebracht zu haben, fragte er ihn spontan, ob er nicht die große Güte an den Tag legen könne, im Dichterkreis, nicht weit entfernt, gewissermaßen hier gleich um die Ecke, etwas vorzutragen, vielleicht Erlebtes oder schönes Menschliches. Und als der Herr, übrigens mit Namen Dr. Orang-Neander, ebenso spontan einwilligte und keinen Cent Honorar verlangte, geriet Herr K. fast aus dem Häuschen ... wie man so schön sagt.

Nun wissen wir alle von der inzwischen nicht mehr funktionierenden Vereinsgemeinsamkeit, was bedeutete, dass der Vortrag des Herrn Anthropologen ins Wasser fiel, von uns aber, die eine Vortragskopie vorliegen haben, in den Inhalt dieses Buches einfügen durften, weil wir dem enttäuschten Wissenschaftler die Veröffentlichung seiner Themen versprachen. Leider gibt der Mann Dinge von sich, für die wir uns – falls Sie sie lesen, Ihnen aber nicht gefallen sollten – höflichst entschuldigen. Doch wie gesagt: Wir haben für den Inhalt in diesem Abschnitt nicht geradezustehen. Wir können Ihnen, liebe Leserschaft, empfehlen, dieses Kapitel ganz einfach und sofort außer Acht zu lassen, es also gar nicht zu lesen. Alternativ können Sie die Seiten herausreißen und verbrennen oder durchgehend schwärzen, oder Sie können sie natürlich als letzte Möglichkeit auch lesen.

Hier nun des Wissenschaftlers Aufzeichnungen für seinen Vortrag, über dessen Thema oder Überschrift er sich selbst noch nicht im Klaren gewesen ist. Beginnen wir mit dem fünften oder sechsten Satz, da die Einführung nicht zu verstehen, sprich unbegreiflich ist.

„Das Ändern der Gesichtsfarbe mancher Menschen deutet darauf hin", sagt der wissenschaftliche Mann, „dass sie, ohne es zu ahnen, zu jenen zählen, denen die gebeutelte Natur eine allmähliche Veränderung verpasst, äußerlich wie innerlich. Beispielsweise ist die Fähigkeit, je nach Situation wie ein Chamäleon die Hautfarbe zu ändern, ein eindeutiges Zeichen. Ein weiterer Beweis fortschreitender Mutation ist – und dies darf nicht mehr verharmlost werden – die in der Zukunft zu erwartende Mehrgeschlechtlichkeit des einzelnen Individuums.

Nun drängt sich spätestens zu diesem Zeitpunkt aber auch die Frage auf, wie lange sich der liebe Gott diese Zustände noch anschauen wird – oder ob er sie gewollt hat? Klären könnte das sicherlich der dann residierende Papst. Andrerseits sollte nicht beiseite geräumt werden, dass nach dem besagten Zeitpunkt die wissenschaftliche Erkenntnis so weit fortgeschritten sein wird, dass fast alle Menschen sich zweigeschlechtlich ihres Daseins erfreuen können, und es völlig egal ist, wer die Kinder bekommt. Diese biologischen Tatsachen führen aber auch dazu, dass ein Mensch, der keine Verbindung mit einem anderen eingehen will, dennoch aber ein Kind großziehen möchte, sich selbst begatten kann. Der Mensch der Zukunft gehört dann zur Gruppe der Hermaphroditen; er ist also verwandt mit dem gemeinen Regenwurm und den *Hinterkiemern*. Schwule, Lesben, aber auch übriggebliebene frühere sogenannte Normalos, werden in der Versenkung verschwinden. Starke äußerliche Veränderungen bei den Neumenschen würden nicht groß zutage treten, erkennbar höchstens in nacktem Zustand. Bei allen fiele der Beckenbereich etwas höher aus und was den Sitz der Geschlechtsorgane angeht, so wäre bei jedem das weibliche unterhalb des männlichen angebracht. Weibliche Brüste, völlig überflüssig geworden, entdeckte man nur noch als verkümmerte Gebilde. Und der Grund? Muttermilch wäre seit Langem überflüssig, stattdessen führten die Alt- und Neumutanten allen Säuglingen in Chemiewerken hergestellte Nährstoffe zu, so lange, bis der kleine ~~Hermaphrodit~~ Mensch nicht mehr auf Flüssignahrung angewiesen ist. Übrigens: Die Bezeichnungen *Alt- und Neumutant* werden vermutlich irgendwann zum Ende des einundzwanzigsten Jahrhunderts als Worte des Jahres gekürt. Alles andere, wie die Aufmachung oder Kostümierung seines Äußeren wäre dem Menschen selbst überlassen.

Ist es nicht bereits in heutiger Zeit schwierig, manche menschliche Wesen, die uns täglich begegnen, äußerlich geschlechtlich zuzuordnen? Davon abgesehen stellt sich auch oft die Frage: Handelt es sich um einen verirrten Neu-Indianer; einen auf den Hinterbeinen laufenden Flachlandesel mit hoch gestyltem, abgeflachtem oder abgehobeltem Widerrist; einen entschärften Pyromanen mit einem leeren Knallkörper unter der Nase; einen Idioten oder jungen Nomaden in Jeanshosen, die auch als Einmannzelt, Bierflaschenaufbewahrungssack oder Abort genutzt werden können oder alles zugleich? Am einfachsten sind Personen mit Rock und haarlosen Beinen wie auch jene mit Anzug und Krawatte, akkuratem Haarschnitt und normaler Brille einzuordnen. Meistens handelt es sich bei diesen Personen um Bank- und Versicherungsleute (Herr K. ist schon in dieser unserer Zeit bestes Beispiel) und ein Großteil der Bundestagsabgeordneten, ja, unter Umständen auch um Bundesbeamte in höherem Dienst. Fällt Ihnen ein Mann auf, der einen Schulterriemen trägt, an dem ein Trinkbecher aus Blech baumelt, dann ist es solch eine Person. Doch möchten Sie derlei Leute in größerer Anzahl einmal intensiv betrachten, also nicht lange nach ihnen suchen müssen, dann sollten Sie sich mindestens ein bis zwei Stunden inmitten Berlins aufhalten, möglichst in der Nähe von Regierungsgebäuden. Und auch das ist ein Beweis der sozialen Situation unseres Landes: Kurz vor der letzten Sommerpause war nahe des Reichstags in Berlin ein zerknitterter Mann aufgefallen, der auf einem zweibeinigen Melkschemel saß – übrigens eine Spende des DRK – und mit einer Mundharmonika Passanten erfreute. Vor sich hatte er einen alten Hut liegen, davor ein großes, weißes Stück Pappe, darauf geschrieben stand: *Nicht wiedergewählter Abgeordneter des Bundestages bittet um ein Almosen. Euroscheine werden bevorzugt angenommen.*

Lassen Sie mich nun noch einmal auf zuvor Geschildertes zurückkommen:

Die erwähnten und kurz dargestellten Mutationen und deren Auswirkungen sind kein Neuland für die

Wissenschaft, sie hat sich längst damit vertraut gemacht. Ob als letzte Möglichkeit, zumindest einen Teil des normal veranlagten Volkes zu erhalten, in naher Zukunft das Klonen erlaubt sein wird, also seitens der Bundesregierung gesetzlich geregelt, ist so gut wie beschlossene Sache. Ohne gesetzliche Regelung jedoch wird das nicht die erwarteten Erfolge bringen, da beispielsweise mit Schwulenverbänden sowie der Masse der Gottlosen eine gewaltige Oppositionsmacht ins Rollen käme. Verfolgt man einmal eine dieser so genannten Love-Parades in den Großstädten und viele andere Freizeitaktivitäten, dann ist das alles durchaus mit den Verhältnissen im alten Rom zu vergleichen. Brot, Spiele und eine abartige Moral in jeder erdenklichen Form hielten die Massen, auch wenn sie sich gerade in Eroberungs- oder Verteidigungskriegen aufrieben, bei der Stange. Brot liefert heute für Tausende von Arbeitsunwilligen und ebenso vielen Hauptschulabgängern, die nur zur Schule gegangen sind, weil es das Gesetz vorschreibt, die Bundesregierung; Spiele, sprich Freizeitgestaltung, die Kommunen. Anzusprechen ist in diesem Zusammenhang auch die Lage der großen und kleinen Übeltäter. Manche Haftanstalten mit ihren Freizeitangeboten, gleichen eher einem Hotel als einem Gefängnis. Viele auf diese Weise Inhaftierte legen überhaupt keinen Wert mehr auf ein Leben außerhalb der Knastmauern; sie leben ohne Sorgen, während ihre Opfer jahrelang um ein paar Euro Entschädigung kämpfen müssen. Selbst ein *normaler, gewöhnlicher* Mörder wird nicht lebenslang eingeschlossen, wenn er für sich den richtigen Verteidiger an seiner Seite hat; hat er den nicht, dann stehen ihm höchstens fünfzehn fast sorglose Jahre zu.

Gleichzeitig zu all diesen Sozial- und Moralentwicklungen wird aber auch die Frage erlaubt sein, wie lange – ich wiederhole mich – der liebe Gott sich das gefallen lässt. So ist die Vermutung keineswegs abwegig, dass Er vom Treiben auf seiner Erde bald endgültig die Nase voll hat und alles in absehbarer Zeit in Dutt gehen lässt. Verdenken könnte man es dem alten Herrn nicht. Denn Fakt ist, nur Er, und nicht irgendeiner der massenhaft von Menschen in aller Welt geschaffenen Götzen, hat schon so manches Volk auf Erden untergehen lassen. Rufen wir uns das Volk der Mayas und ihre Kultur ins Gedächtnis. War es Gottes Wille, dass diese für die damalige Zeit ziemlich hochstehende Kultur aufhörte zu existieren? Wodurch andere Völker zugrunde gingen, ist weitgehend bekannt. Das Ende des für damalige Verhältnisse gewaltigen, mächtigen, komplexen Mayareiches liegt nach wie vor im Dunkel der Geschichte. Um 900 n. Chr. verließen die Volksgruppen der Mayas plötzlich ihre Städte, und niemand hat herausgefunden aus welchem Grunde. Wir wissen nur, dass die Mayas Kenntnis hatten vom bevorstehenden Ende ihrer großartigen Kultur. Und ebenso nachdenklich stimmt uns ihre vor deren kulturellen Auflösung getroffene Voraussage vom Niedergang der Welt im Dezember 2012. Und weiter: Das alles übersteigende Verhängnis werde irgendwann, 2012 war ja nichts, die Weltbevölkerung nicht unvorhergesehen überraschen, es kündige sich weit vorher an, mit immer heftigeren Katastrophen. Und immer noch die unbeantwortete Frage: Worauf ist die Untergangs-Voraussage der Mayas in Mittelamerika, die anscheinend unmittelbar mit ihrem eigenen Schicksal verknüpft war, zurückzuführen? Lange Erklärungen möchte ich nicht liefern, nur so viel: Das erstaunliche Wissen der Mayas im Bereich der Astronomie, Astrologie und Mathematik ermöglichte ihnen eine ziemlich genaue Datierung astronomischer Ereignisse mit Hilfe ihres einzigartigen Kalenders, also auch der von ihnen prophezeiten Apokalypse am 21. Dezember 2012. Es entstammt dem von der Wissenschaft entdeckten Schlüssel des Kalendersystems der Maya, der sogenannten langen Zählung, die mit der Maya-Schöpfung im Jahr 3114 v. Chr. einsetzt und im Dezember 2012 enden sollte. Allerdings sagt der Kalender nicht das Ende aller Zeiten voraus, sondern sehr wahrscheinlicher den Beginn eines neuen Zeitalters.

Warum bin ich auf diese Maya-Geschichte gekommen? Ich sprach von der – sicherlich nicht glücklichen – biologischen Veränderung der Menschen. Dazu ist auch auf die Aufhebung gesetzlicher Bedrohungen für Homosexuelle hinzuweisen. Wurde Homosexualität noch bis in die sechziger Jahre hinein mit Gefängnis bestraft, so steht sie heute auf einem offensichtlich hohen gesellschaftlichen Niveau, sodass heute jeder geächtet wird, der sich über biologische Andersartigkeiten in diskriminierender Weise äußert. Es ist ein außerordentlich demokratischer, freiheitlicher Fortschritt, dass jedermann vor dem Gesetz gleich ist, dass jeder sich seinen Anlagen entsprechend ausleben kann, sofern er Andersdenkende und Andersartige respektiert. Doch müssen jährlich Großstädte freigemacht werden, um Hunderttausende fast nackte Andersartige feiernd durchziehen zu lassen? Ist auch Gott mit allem einverstanden mit dem von ihm geschaffenen Gegenteil, das wir Natur und Kultur nennen? Sieht es so die Kirche? Ich meine, ja. Es tritt heute immer stärker zu Tage, dass einige Sakramente und von kirchlicher Seite zu vertretende christliche Lebensgrundsätze und -lagen bei vielen Menschen keinen Eingang mehr finden, bei vielen völlig unbedeutend, ja unbekannt sind.

Noch einmal zu den Mayas. Vielleicht war es auch – wie bereits angesprochen – Gottes Wille, das Volk der Mayas aufzulösen, weil deren grausame Riten, deren ganze Entwicklung seinen Vorstellungen widersprachen? Glaubt man diesen Dingen, fällt es nicht schwer, neben dem Schicksal der Mayas unzählige Parallelen in der Menschheitsentwicklung zu erkennen. Waren die Ereignisse entsprechend des Alten Testaments eine einmalige Angelegenheit? ... Doch trotz Verständnisses für manche derzeitigen Strömungen wissen wir nicht, was die Zukunft uns bringt ... wir wissen gar nichts. Wir wissen nur, und das sehr genau, dass tyrannische, abartige Systeme und Verhältnisse immer in den Untergang führten. Wir können davon ausgehen, dass die Voraussage von unserem Untergang bereits seit langem Thema intensiver wissenschaftlicher Untersuchungen ist. Doch zu guter Letzt wird das Ergebnis lähmende Ungewissheit sein. Auch die Mehrzahl derer, die an einen einzigen, mächtigen und guten Gott glaubt, wird niemals seine Entscheidungen verstehen können – deuten vielleicht, aber auch das ist nur spektakulär. Gottvater hat im Verlauf einiger tausend Jahre immer wieder versucht – jedenfalls so die Meinung der Gläubigen –, den Menschen nach seinen Vorstellungen, äußerlich wie innerlich, zu formen. Doch diesen seinen Vorstellungen gerecht wurden und würden nur jene, die in ihm und mit ihm lebten und leben."

Hier nun wollen wir des Herrn Anthropologen teils recht düstere Ausführungen, die noch ein weiteres, letztes Thema behandeln, ~~abwürgen~~ beenden. Dieses Thema, das durchaus dem absolut Grauenhaften zuzuordnen wäre, lehnten wir ab zu veröffentlichen.

Doch nun weiter mit unserem Herrn K. und seiner Umgebung. Bleiben wir also in seiner dörflichen und weltlichen Realität und begleiten ihn noch eine Weile auf seinem manchmal verzweigten Weg. Das verstehen wir, denn auch unsere Wege sind manchmal verzweigt.

11. Kapitel

Nach einigen tiefen Atemzügen soll nun noch einmal Herr K.s beruflicher Alltag beleuchtet werden, bereits eine Strecke zuvor vage angekündigt. Diese Beleuchtung soll vonstattengehen, ohne Einmischung und Aufsehen zu erregen. Herauszuheben soll, um Langatmigkeit zu vermeiden, nur der jeweilige Ablauf zweier Kundenbesuche und -beratungen.

Es war Herrn K.s Ehrgeiz, dem endfünfzigen, verwitweten Jagdwaffenhändler Hubertus Wieseling aus einem der Nachbardörfer eine Krankenversicherung zu verkaufen. Antragsmäßig war an und für sich alles geregelt, aber noch nichts unterschrieben. Und immer dann, wenn Herr K. die Unterschrift einholen wollte, war beim Kunden etwas dazwischen gekommen. Wegen der vielen unnötig gefahrenen Kilometer ärgerte dies Herrn K., was verständlich ist. Einer der Verzögerungsgründe ist erwähnenswert, weil nicht alltäglich. In dem Fall musste Herr Wieseling einen plötzlich erschienenen und aufgebrachten Kunden besänftigen. Der Jägersmann, ein Bauer, wollte seine neue Bocksflinte umtauschen, weil bei dieser das Geschoss nicht, wie es sich gehört, vorn aus dem Lauf flog, sondern merkwürdigerweise hinten. Warum das so war? Das ist bereits in einer seitenlangen, fachkundigen Erklärung in der Fachzeitschrift *Jagd, Hase und Hund* dargelegt. Wir setzen aber voraus, dass jedermann es begrüßt, wenn hier auf die wissenschaftliche, äußerst langatmige Wiedergabe des Untersuchungsergebnisses verzichtet wird. – Nun, da sich Herrn Wieselings Kunde nach seinem ersten und letzten Schuss verletzte, hatte er eine längere Genesungszeit in Kauf nehmen müssen. Somit konnte er seine Reklamation erst geraume Zeit später Herrn Wieseling vortragen, doch ausgerechnet an dem Tag, an dem Herr K. die Unterschrift einholen wollte. – Aber wie war es zu dem Unfall gekommen?

Als Jägersmann hatte Herr Wieselings Kunde im Verlauf der letzten winterlichen Treibjagd nicht den unweit vor seiner neuen Flinte äsenden Rehbock zur Strecke gebracht, sondern sich selbst. So warfen ihn denn nicht der Rückstoß, sondern der Vorstoß des Geschosses ins dichte, struppige Unterholz, wo er mit einer Streifschusswunde an der rechten Schulter liegen blieb. Und da er sonderbarerweise keinen Schmerz verspürte, anfangs nur ein leichtes Brennen, und sich nach etwa drei Minuten als gestorben wähnte, schloss er die Augen und rührte sich nicht.

Es dämmerte bereits, als die Jagdkameraden ihn fanden. Der erste, der auf ihn stieß und in seinem Eifer den Daliegenden im Gestrüpp zunächst mit dem Eber verwechselte, auf den er geschossen hatte, nutzte seine Entdeckung und brach augenblicklich, noch bevor sich der verwundete Kamerad zu erkennen geben konnte, von der nächststehenden Fichte einen Zweig ab und warf ihn seiner vermeintlichen Beute auf die Brust, wobei er gleichzeitig ein lautstarkes *Waidmannsheil!* erschallen ließ. Und da er sich sicher war, seinen Eber dort liegen zu sehen, dem er und kein anderer das Lebenslicht ausgeblasen hatte, wollte er sofort das allseits bekannte Waidmannsdank! anschließen lassen, sein Jagdmesser ziehen und das vermeintliche Wild ausweiden. Doch kam ihm der Aufschrei des noch nicht Verstorbenen, der das Vorhaben seines Jagdkameraden erkannte, zuvor. Wie es dann im Wald weiterging, kann sich jeder selbst ausmalen. Jedenfalls führte alles zu einem guten Ende und natürlich noch am Abend desselben Tages in Frau Wilmas Gastwirtschaft. Wegen des Unfalls hatte sich der Einzug in Wilmas Gasthaus um rund eine Stunde verzögert, was durch eine entsprechende Verlängerung des Umtrunks ausgeglichen wurde. Glücklicherweise konnte auch der fast sich selbst Erschossene am Jagdausklang teilnehmen. Herr K., der immer Hilfsbereite, hatte dem Streifschussverletzten ein breites Pflaster auf die Wunde geklebt. Warum der Büchsenschuss nach hinten losgegangen war, anstatt nach vorn, darüber schwieg Bauer Korte ebenso wie alle Jagdteilnehmer; und auch Herr Wieseling hatte sich dazu nicht geäußert. Einige im Dorfe meinten, dass es sich um Jägerlatein gehandelt habe. Wenn nämlich solche nicht aufgeklärten Geschichten kursierten, dann hielte die ganze Jagdgesellschaft zusammen wie Pech und Schwefel.

Ja, im Dorfe wussten sie zu feiern. Zusammengehörigkeit – öftere Meinungsverschiedenheiten nicht ausgeschlossen – und Lebensfreude, vornehmlich an Beerdigungstagen, bedeuteten den Alteingesessenen viel. Wurde ein altes Mitglied aus der Mitte eines Vereins gerissen, stieg nach dem Versenken des Sarges ins kühle Erdreich oder nach der Feierlichkeit in der Kirche in Frau Wilmas Gasthaus die obligatorische Totenehrung, die je nach Durchstehvermögen bis in die Nacht hinein dauerte. „Jetzt müssen wir das Fell unseres lieben Dahingerafften versaufen", hieß es grundsätzlich auf jedem Rückmarsch vom Friedhof. Das so genannte Fellversaufen war ein Brauch seit Ewigkeiten. Äußerst beliebt waren Feuerbestattungen, da gingen die Trauernden von der Kirche direkt ins Wirtshaus und nicht noch ans offene Grab … eine Zumutung vor allem bei Wolkenbruch oder Schneegestöber.

Und dann verzögerte noch eine zweite Sache die Unterschrifteinholung bei Herrn Wieseling. Aber ausgerechnet in dem Augenblick, wo der Grund dieser Verzögerung zu Papier gebracht werden sollte, erinnerte sich Herr K. an nichts mehr. Bekanntlich waren wir immer auf dessen Aussagen angewiesen, und etwas Ersatzweises aus der Luft zu greifen, lag und liegt uns ganz und gar nicht. Andrerseits beflügelte uns die Gedächtnislücke unseres Freundes, nun umgehend von seinen letzten Kontakten zu Herrn Wieseling berichten zu können.

Beim dritten Anlauf – nein, beim vierten, denn der erste, also der Hauptberatungstag, muss hinzugezählt werden, hatte es Herr K. erreicht, endlich Herrn Wieseling in dessen Haus gegenüberzusitzen. Er hatte ihm damals infolge seines ersten Besuches die besten und teuersten Krankenversicherungstarife angeboten und heute die ersehnte Unterschrift erhalten. Jetzt schien Herr K. alles glücklich unter Dach und Fach zu haben, und auch Herr Wieseling zeigte sich mehr als zufrieden. Herr K. steckte den Antrag in seine Aktenmappe, indes Herr Wieseling sich mit den Worten „Ich bin gleich zurück" erhob und schlurfend – er hatte seine bequemen Filzpantoffeln an – das Wohnzimmer verließ. Bald darauf kam er zurückgeschlurft, unter dem Arm eine Flasche Weinbrand geklemmt, in der Hand zwei Cognacschwenker. Und während er alles auf dem Tisch abstellte, verzog er sein Gesicht zu einem breiten Lächeln und bemerkte:

„Ich meine, lieber Herr K., wir haben guten Grund, den Abschluss zu begießen. Ein Gläschen dürfen Sie, das macht Sie nicht fahruntüchtig, im Gegenteil, als Fahrer steht Ihnen nach altem Brauch die doppelte Menge zu. Nein, nein, das war nur ein Scherz; aber das wissen Sie ja selbst."

„Ich bin heute mit dem Bus angereist", sagte Herr K. „mein Auto kriegt in diesen Stunden eine neue Hupe."

„Hervorragend", rief Herr Wieseling, „da müssen wir ja nicht mit jedem Schluck unser Gewissen belasten." Nach dieser Erkenntnis setzte er Herrn K. ein gefülltes Glas vor und prostete ihm zu. Und nachdem der Weinbrand beider Kehlen passiert hatte, entließ Herr Wieseling ein genüsslich klingendes Aaah aus seinem Mund, indes Herr K. zwei Mal nachschluckte, um den Hochprozentigen im Magen zu behalten. Nun kam Herrn Wieselings Zunge zum Vorschein, die augenblicklich rasch nacheinander und mehrmals kreisend über Ober- und Unterlippe fuhr, einen Waschlappen oder eine Serviette ersetzend. Die Zunge schnellte zurück, und ein leises, aber vernehmbares Rülpsen folgte, Alkoholdunst mit sich führend und angesaugt von Herrn K.s Nase.

Nach Erledigung der Einführung mit Weinbrand und bewegten Worten brachte Herr Wieseling vor:

„Hoffentlich nimmt mich Ihre Gesellschaft auch auf. Wenn ich da an meine Zuckerwerte denke, na, ich weiß nicht ... und an meinen Blutdruck ... Noch ein Schlückchen gefällig? Ja, was frage ich, selbstredend, freilich, denn auf einem Bein steht man nicht lange", und Herr K. solle sich mal selbst fragen, ob man lange auf einem Bein stehen könne. Diese auf eine Antwort verzichtende Problematik war Grund genug für ein herzhaftes Auflachen Herrn Wieselings mit gleichzeitigem Griff zur Flasche. Herr K. hob ablehnend die Hand, was Herr Wieseling, erneut auflachend, anders deutete: „Nur nicht drängeln, mein Lieber, Ihr Glas ist sofort wieder gefüllt." Er goss ein, hob sein Glas in die Luft und rief: „Jetzt zugreifen und Prost und wohl bekommt's!"

Ein sehr hoher Blutdruck entwickelt sich gewöhnlich nicht von ungefähr, ging es Herrn K. blitzschnell durch den Kopf, und er rief das „Wohl bekommt's" zurück. Dieser zweite kräftige Schluck rann dann wesentlich rücksichtsvoller durch seinen Schlund. Und als dann Schluck eins und zwei sich im Magen verbanden, durchzog gleich darauf ein wohlig warmes Gefühl von unten herauf bis in seinen Kopf, dessen vom Alkohol enorm schnell geweitete Adern den Geist animierten, Fröhlichkeit zu entwickeln oder, was von vornherein nicht zu prophezeien ist, Aggressivität. Aber an derlei Auswirkungen zu denken, wie aggressives Verhalten, war in diesen Momenten an Herrn Wieselings Tisch natürlich absurd. Nun kam Herr K. auf seines Kunden Befürchtungen zurück, auf Fragen, die er als der Herr der Dinge und spezieller Angelegenheiten zu beantworten verpflichtet war. „Aber ich bitte Sie, lieber Herr Wieseling", schnurrte er in jovialem Tonfall und im Bewusstsein seines vermeintlich überlegenen Wissens, „was Sie da an körperlichen Beschwerden aufzuzeichnen versuchen, nein, das sind doch keine Risiken – für Sie vielleicht, aber doch nicht für unseren Konzern."

Herrn K.s Antwort hinsichtlich der Risiken schien bei Herrn Wieseling nicht angekommen zu sein. Durchdrungen von euphorischer Zufriedenheit füllte er die Gläser neu, hob seines wieder in Mundhöhe und rief: „Na denn, mein Herr, ein Prosit auf Ihre Versicherung, auf Ihr Risiko, auf Ihre Auto-Hupe!" Und abermals folgte nach dem Weinbrandversenken ein genüsslich gezogenes Aaah! mit anschließender Duftverströmung, was allerdings immer noch nicht für ein endgültiges Ablegen seiner gesundheitlichen Bedenken sorgte. „Und dann meine Leber ...", rief er wie belustigt, „sie sei zu groß, sagte mir letztens mein Arzt."

„Malen Sie nicht alles so schwarz", sagte Herr K., verhalten, aber in fast ärgerlichem Tonfall, da er seines Kunden Aufzählungen als überängstliches Kriterium wertete, denn bei seiner Befragung nach der Gesundheit, damals, infolge der Antragsaufnahme, hatte Herr Wieseling nur so gestrotzt vor Wohlergehen. Und heute ... Sollten vielleicht die vorgebrachten Bedenken oder der Alkohol oder beides in Herrn K.s Kopf nun tatsächlich eine gewisse Aggressivität ausgelöst haben? „Ihre Leber?", setzte er seine Antwort bissig fort, „Ihre Leber dürfte nur vorübergehend an Größe zugenommen haben. Die wird auch wieder kleiner, sehr viel kleiner sogar. Das verspreche ich Ihnen." Er hob sein Glas und beendete seine Bedenkenvernichtung mit deutlich gesprochenen Worten: „Nochmals auf Ihr Spezielles, Herr Wieseling, auf Ihren Wurmfortsatz und auf Ihre Leber!" Herr Wieseling empfand Herrn K.s Aussagen nicht nur irgendwie scherzhaft gemeint, er hörte aus ihnen auch die Annahmebestätigung seiner beantragten Versicherung, was ihn veranlasste, seinen Ausruf: „Das ist ja überaus erfreulich, lieber Herr K.!" mit nochmaligem Einschenken zu verbinden. Doch die Sache mit der Leber war nicht seine letzte vorgetragene Besorgnis. Den Hinweis auf ein angeblich weiteres Leiden fügte er denn auch gleich an: „Ja, und dann meine Füße ... – Notierten Sie eigentlich bei der

Antragsaufnahme, dass es sich bei meinen Füßen um Platt-, Spreiz- und Schweißfüße handelt? Aber erstmal sehr zum Wohl! Ich hoffe, der Weinbrand ist Ihnen nicht zu warm – nein? Na, denn Prost!"

Herr K. musste sich nicht mehr zwingen, nach Herrn Wieselings Angaben gelassen zu sein und zu bleiben, der Alkohol hatte in ihm das Aggressive zur Seite geräumt und von der Trunkenheit war er noch ein gutes Stück entfernt. Es war eine Art Frohgefühl in ihm und Herrn Wieseling gegenüber einer im Entstehen befindlichen Zuneigung, Elemente, die sein Gemüt jetzt in Beschlag nahmen und alles um ihn herum ins Friedvolle versetzten. Er fühlte sich immer ungezwungener, lächelte nicht mehr gekünstelt und versprach:

„Das alles sind ja nun wirklich keine Probleme, Herr Wieseling, und wenn ich nicht irre, betonte ich die Sache bereits mit dem Begriff Risiko. Falls also Probleme auftauchen sollten, dann kommen sie eventuell auf Sie zu, aber doch nicht auf mich oder meine Gesellschaft. Befürchten Sie das Gegenteil?"

Herr Wieseling lachte laut, glaubte wiederum an einen gelungenen Scherz seines Gegenüber, der, seinerseits lachend, seine Stellungnahme mit den Worten fortsetzte: „Nun ja, was Ihre Füße betrifft, so könnte Sie manch ein Mensch beneiden: Spreizfüße, Plattfüße, Reisbauernfüße ...! Sind die nicht in einem schneereichen Winter oder in der Wüste von Vorteil? Mit solchen Plattern, passendes Schuhwerk selbstverständlich vorausgesetzt, sinken Sie, mein Lieber, längst nicht so tief ein wie Normalfüßige. Denken Sie mal an die Kamele. Und Ihre Schweißfüße ...? Mann, wer hat die nicht! Mir fällt da ein noch recht junger Mann ein, der findet, wenn er alle fünf Wochen seine Füße waschen will, von seinen Socken lediglich Fragmente vor, weil sich die Socken an seinen Füßen so gut wie aufgelöst hatten. Und was den Geruch betrifft, so ist seine Wohnung völlig frei von Ungeziefer, ja, sogar von Kakerlaken. Und Krankheiten?", rief er über den Tisch hinweg und stellte sein leeres Glas nahe der Weinbrandflasche ab, eine Aufforderung, es neu zu füllen. „Was glauben Sie denn, wie viele Kranke ich schon versichert habe? Was glauben Sie denn, wie viele Menschen von sich behaupten können, rundum gesund zu sein? Eine Handvoll von Millionen, Herr Wieseling, mehr nicht. Sehen Sie", und er wollte zum Schluss dieses Themas kommen, „wenn jemand gesund ist, benötigt er dann eine Krankenversicherung – wie?"

Nach diesen Worten schaute Herr K., die Hände wie zum Gebet gefaltet, gegen die Zimmerdecke, als wollte er den Himmel anrufen. „Und so lebe ich", und sein etwas trübe gewordener Blick richtete sich wieder auf Herrn Wieseling, „und so lebe ich hauptsächlich von den Kranken, das heißt, wenn Sie noch nicht zu krank sind. Sie, mein Lieber, sind das blühende Leben. Sie sehen gut aus und sind obendrein finanziell unabhängig und könnten die Freudenhäuser aufsuchen, wann immer Sie wollten."

Diese Worte trieben Herrn Wieseling Tränen der Rührung und des Stolzes in die Augen; doch schnell fuhr er sich mit dem Handrücken drüber, und gleich darauf prosteten sich die beiden Männer wieder in größter Traulichkeit zu. Wie auf Kommando setzten sie dann ihre Gläser ab und gönnten sich eine Pause, bis nur einige Sekunden später ein Ruck durch Herrn K. ging. Milde Blicke trafen sich erwartungsvoll, und Herr K. ergriff sein wieder gefülltes Glas, hob es in die Höhe und bedankte sich mit feierlicher Stimme bei seinem Gegenüber für Zusammenarbeit und gutes Verstehen.

„Ich habe zu danken, lieber Herr K., nur ich", sprach Herr Wieseling. „Sie sind ein wunderbarer Mensch."

„Und Sie, Herr Wieseling, sind zu und zu bescheiden. Wenn hier jemand zu Dank verpflichtet ist, dann ich. Also herzlichsten Dank für das in mich gesetzte Vertrauen und Ihre Worte. Denn wie schwer kann es doch oft sein, jemand für sich zu gewinnen, noch dazu, wenn er obendrein auch noch bezahlen soll? Und somit geht der Dank an Sie allein. Sie haben ihn verdient."

„Aber so einfach, lieber Herr K, kann ich Ihren Dank nicht annehmen, so mir nichts dir nichts. Sie stecken meinen ausdrücklichen Dank in Ihre Mappe und dazu die Flasche mit dem Rest Weinbrand. Und alles nehmen Sie mit nach Haus und machen sich mit Ihrer Frau einen schönen Abend. Die Gläser bleiben aber hier."

„Das lasse ich grundsätzlich nicht zu ...", begann Herr K. seine Erwiderung; aber Herr Wieseling fiel ihm ins Wort:

„Verzeihung, Herr K., ich wollte Sie ja nicht zu einem schönen Abend mit Ihrer Frau drängen. Wenn Sie nicht wollen, dann wollen Sie eben nicht – nicht?"

„Darum dreht es sich nicht", und Herrn K.s Stimme nahm plötzlich Schärfe an, „es dreht sich darum, dass ich Sie als neues Mitglied unseres Ladens – nein, unserer Versicherung eingeheimst habe, wofür Sie monatlich rund fünfhundert Euro zahlen sollen. Nun erwarte ich Ihr Einsehen, wenn ich verlange, Sie mit meinen Dank zu überschütten gewillt ..., was, wie ..., überschütten ..., also gedanklich gewillt bin ..., nein, Sie einen Dank zu schenken."

In Herrn Wieselings von Natur aus fahlem Gesicht drängte der Bluthochdruck unter die Haut, und seine Stimme bog sich hoch von dunkler Farbe zu bellendem Diskant, als er jetzt forderte:

„Sie glauben doch wohl nicht, Herr Versicherung, dass ich das einfach so hinnehme. So können Sie mit mir nicht herumspringen. Sofort nehmen Sie meinen Dank an!"

Nun war es Herrn K.s Gesicht, dessen bislang leichte Röte erheblich nachdunkelte.

„Und Sie nehmen Ihre Forderung umgehend zurück und entschuldigen sich. Und was meinen Sie eigentlich mit dem Herumspringen? Ich bin mit Ihnen herumgesprungen? Sie auf meinem Rücken und dann durch die Gegend gesprungen? Bis jetzt saßen wir hier in Ihrem Wohnzimmer und waren nicht springend oder gar hüpfend unterwegs. Da hört sich doch alles auf! Nein, Herr Wiesel, nein, Herr Wieseling, so geht das nicht! Erst sich vertrauensvoll versichern lassen und dann sich auch noch bedanken wollen! Geht Ihnen nicht endlich auf, dass das nicht ganz normal ist? Ich bedanke mich bei Ihnen. Ist das klar? Außerdem ist Ihr Weinbrand billiger Fusel."

Herr Wieseling rang sekundenlang nach Luft. Dann ein tiefer Atemzug, bevor er sagte:

„Sie sind ja ein ganz schlimmer Egoist, Sie Versicherung! Hätte ich geahnt, wie Sie sich hier entpuppten, wären Sie nie in mein Haus gekommen."

„Nun werden Sie beleidigend, Herr Wiesel. Entpuppten, sagten Sie? Ja, bin ich denn ein in der Geburt sich befindlicher Falter – oder was oder wie?"

„Ach, seien Sie doch, was Sie wollen, Herr, Herr Falter. Und nun schwirren Sie endlich ab, bevor ich den Drilling von der Wand reiße und Ihnen eine Ladung schwarzer Perlen durch Ihre Falterflügel puste!"

„Das wäre Mord", sagte Herr K., plötzlich ruhig und sachlich werdend, „zumindest versuchter Totschlag. Weil Sie mir aber bereits mit der Flinte gedroht, also die Absicht kundgetan haben, mich abzuschießen wie ein Wildkarnickel, werde ich in Ihrem Versicherungsantrag vermerken, dass Sie hochgradig mordlüstern sind und obendrein Versuche anstellen, ahnungslose Vertreter mit Weinbrand zu vergiften. Zudem geben

Sie sich dem Trunke hin. Ihnen macht das Gift nichts mehr aus. Dennoch hat das alles einen enorm hohen Risikozuschlag mit anschließender Verhaftung zur Folge."

Nach diesen Worten hatte Herr K. bereits die Tür geöffnet. Als ihn dann auf der Straße ein scharfer Knall und ein dumpfes Poltern mahnte, seine Flucht zu beschleunigen, erinnerte er sich des gewaltigen Keilerkopfes, der bis vorhin noch über der Haustür in Herrn Wieselings Diele hing.

12. Kapitel

Wieder ins vertraute Gasthaus zurückgekehrt, war es Herrn K. immer noch anzusehen, ungewöhnliche Stunden hinter sich gebracht zu haben. Zwar ging von ihm noch ein Geruch aus, als habe er im Weinbrand gebadet, aber von Trunkenheit war nur noch ein Rest in seinem Kopf vorhanden. Merklich unangenehmer empfand er die hartnäckige Übelkeit, und ihm wurde noch übler, als ihm Frau Wilma gehörig die Leviten las. Selbstverständlich hatte sie ihn aufgefordert, umgehend seine augenblickliche Verfassung zu erklären, ohne etwas auszulassen oder zu beschönigen. Geduldig und ohne Zwischenrufe hörte sie sich ihres Mannes merkwürdiges, ja blödsinniges Verhalten während seines Aufenthaltes bei Herrn Wieseling an; aber auch dessen Reaktionen ließ sie sich schildern. Der anfangs stark zerknirschte Herr K. ließ nichts aus, und durch seine Schilderung und Verteidigung wurde ihm freier im Kopf und immer wohler zumute, was allerdings nicht vorhielt. Kaum war er mit seinen Ausführungen am Ende, fegte ein Sturm der Entrüstung durch seine Ohren direkt in das Hirn; und was dort ausgelöst wurde, muss nicht unbedingt beschrieben werden. Allgemein und hier nur als eine Empfehlung gesehen, sollte das Selbstwertgefühl der Männer nicht niedergemacht werden, sie könnten geistigen Schaden davontragen, falls nicht schon vorhanden. Herrn Wieseling hingegen, immerhin ein guter Kunde ihres Mannes, sprach Frau Wilma in allen Punkten frei. Ihr Urteil beim Aufklaren nach dem Gewitter:

„Ich bestehe darauf, dass du gleich morgen Herrn Wieseling aufsuchst und dich bei ihm entschuldigst. Und versuche zu retten, was noch zu retten ist, nämlich dein Ansehen und den Versicherungsantrag. Falls du jedoch auf die Idee kommen solltest, meine Forderung auf irgendeine Weise umgehen zu wollen, lasse ich dich zwecks Untersuchung ins Landeskrankenhaus überführen – von Eugen und im Bollerwagen."

Nun ja, nun ja ... Frau Wilma hatte das natürlich nicht so gemeint, immerhin ihn aber derart weich geklopft, dass er sich am nächsten Nachmittag auf den Weg zu Herrn Wieseling machte. Er benutzte erneut den Omnibus, aber nicht, weil wieder irgendein Teil an seinem Auto ausgetauscht werden musste, sondern weil er sich vor dem erneuten Besuch bei Herrn Wieseling unbehaglich, ja elend fühlte.

Wohin käme wohl mancher Mann, wenn nicht seine Ehefrau die Geschicke lenken würde? – Dass Frau Wilma mit Herrn Wieseling telefoniert hatte und dabei ihres Mannes an sich äußerst guten Charakter und seine stete Hilfsbereitschaft hervorgehoben hatte, behielt sie für sich; und sie bat auch ihren Gesprächspartner um Stillschweigen, wenn ihr Konrad vor seiner Haustür stehe. Ergebnis: Herr Wieseling zeigte sich nicht nachtragend und hatte der fürsorglichen Frau erklärt, das Leben sei zu kurz, um böse Dinge lange in sich aufzubewahren, und ihr Mann solle sich getrost bei ihm einfinden, so um sechzehn Uhr herum sei für ihn die beste Zeit. Ja, so hatte er gesprochen und daraufhin eine Flasche Oldesloher Korn in den Kühlschrank gestellt.

Und so kam es, dass sich zwei erwachsene Männer wieder vertrugen, ein jeder mit dem Schwur, zukünftig tolerant und freundlich, zurückhaltend, aufgeschlossen, zuvorkommend und gerecht gegenüber jedermann zu sein. Nichts Neues also, sie kehrten nur zu den Tugenden zurück, die sie in ihrer Vergangenheit bereits überwiegend praktiziert hatten. Dennoch empfanden sie Ihre Schwüre wie Balsam auf ihre Seele und versetzten beide schnell in eine heitere Stimmung. Sie benahmen sich, als würden sie sich seit vielen Jahren nahe sein. Und somit blieb es nicht aus, dass sie das schlimme Vorgefallene als kulturloses Verhalten einstuften, nach dem vierten Korn sich duzten und lebenslange Freundschaft vereinbarten. Sie gaben sich ungekünstelt, ließen ihrer Laune freien Lauf und verfielen, da sie sich unbeobachtet gegenüber saßen, immer wieder in Albernheiten. Sie zogen dies und jenes ins Lächerliche, wie es eben so ist, wenn Männer unter sich sind und sich obendrein vom Alkohol anschieben lassen. Und als Herr K. dann auch noch die schon etwas weiter zurückliegende Weinkellersache mit Eugen zum Besten gab und zusätzlich aufbauschte, kriegten sich die beiden vor Vergnügen fast nicht mehr ein.

Nachdem sie wieder einigermaßen zu sich gefunden hatten und ihre Gesichtshaut heller werdend sich erholte, sah sich Herr Wieseling, dessen Vorname bekanntlich Hubertus lautete, zu einer Erklärung veranlasst, betreffend des letzten vorgestrigen Ereignisses:

„Dummerweise riss ich die Büchse vom Nagel, weil ich dich ordentlich zu erschrecken beabsichtigte. Nein, nein, nie wäre ich auf die Idee gekommen, auf dich anzulegen. Das Jagdgewehr in meiner Hand sollte nur eine Drohung sein, die ich allerdings sehr bereue. Andrerseits kam mein Handeln mir selbst zugute. In der Waffe steckte noch ein Schuss Munition, ein bodenloser Leichtsinn von mir, sie in diesem Zustand an die Wand gehängt zu haben. Der Keilerkopf, wie du sehen konntest, schaut wieder in den Flur hinunter. Dennoch, mein lieber Konrad: Morddrohung, sagtest du, glaube ich. Bei einer Anzeige hätte ich durchaus alt aussehen können …" – „Hätte", warf Herr K., Herrn Wieseling unterbrechend, fast überschäumend ein, „hätte! Natürlich wäre es niemals zu einer Anzeige gekommen, denn schließlich, und da wiederhole ich mich gern, war ich es doch, der uns den ganzen Nachmittag versaut hat. Aber lassen wir das alles Vergangenheit sein, lieber Hubertus. Der Korn ist übrigens vorzüglich und außerdem sehr gesund."

„Habe ich denn noch nicht nachgeschenkt?", rief Herr Wieseling und beeilte sich, nach der Flasche zu greifen. „O ja, außerordentlich gesund", bestätigte er und goss ein, was Herr K. wohlwollend verfolgte. Fast gleichzeitig hoben beide ihr Gläschen zum Mund und fast gleichzeitig tönte es vorweg aus ihrer Kehle:

„Ein Prosit auf unsere Freundschaft! Prost, Prost!"

Nach Absetzen der Gläser ein intensives Lippenbelecken beider Herren, dann nahm Herr K. das Gespräch wieder auf.

„Ist dir, lieber Freund", begann er mit heller, vom Alkohol gereinigter Stimme, „wo wir schon mal Mord und Totschlag angerissen haben, ist dir eigentlich bekannt, dass es in England eine Zeit gab, in der nicht nur Übeltäter hingerichtet worden sind, sondern auch Selbstmörder?"

„Was? Wie? Selbstmörder ...? Lieber Konrad, ein Mensch, der sich selbst ins Jenseits befördert hat, ist doch bereits tot, sogar mausetot, wenn ich richtig informiert bin."

„Ja, ja, doch für die Gerichte im mittelalterlichen England spielte es für eine Verurteilung keine Rolle, ob ein Mensch einem andern das Lebenslicht ausgeblasen hat oder sich selbst. Ein Mörder war eben ein Mörder."

„Donner noch mal! Das ist ja hochinteressant. Weißt du noch mehr davon?"

„Das war's eigentlich. Wenn sich also beispielsweise jemand mithilfe eines Strickes aufgehängt und dadurch sein Genick demoliert hatte, schnitt man ihn ab, stellte ihn, nein, legte ihn vor Gericht und verurteilte ihn zum Tode, obwohl er längst tot war. Den Richtern war das einerlei. Jedenfalls hing er bald darauf erneut an einem Strick. Oder die Henkersknechte brachen ihm alle Kno-

chen, damit er leichter auf ein Wagenrad geflochten werden konnte. Für die Zuschauer war es aber auch sehr interessant, vor allem, wenn der Verurteilte kein Selbstmörder war, wenn vier Pferde ihm gleichzeitig Arme und Beine ausrissen. Ach, was soll ich dir noch sagen: Sehr beliebt war auch das Ertränken. In einem Eisenkäfig geschnallt tauchte man den Verurteilten bis über den Kopf ins Wasser ein, zog ihn wieder hoch und tauchte ihn erneut ein, immer auf und ab. Das hat den Zuschauern großen Spaß bereitet. Den Käfig samt des toten Menschen, glücklicherweise merkte der nichts mehr davon, ließ man dann an einem Galgen weithin sichtbar noch wochenlang hängen. Aber all diese Gepflogenheiten wurden überall in den Ländern der Welt praktiziert. Wurden beispielsweise in Persien Frauen für bestimmte Vergehen verurteilt, war es üblich, ihnen bei lebendigem Leibe die Haut komplett abzuziehen. Vom vieltausendfachen Verbrennen hast du ja bestimmt schon gehört. Aber weißt du, was es früher speziell in deutschen Ländern noch für Strafen gab ...?"
– „Hör upp, hör upp!", rief Herr Wieseling und hob abwehrend die Hände, „da kann einem ja schlecht werden. Das waren ja grauenhafte Verhältnisse", und brach dann plötzlich in schallendes Gelächter aus. Aber schnell beruhigte er sich und legte das Vergnügen nur noch in seine Stimme: „Versetze das einmal in unsere Zeit: Du spazierst das Elbufer entlang, denkst an Hering und Pellkartoffeln, und alle hundert Meter verwest da einer hoch in einem Eisenkorb." Und nochmals verfiel er in dermaßen laute Heiterkeit, dass ihm die Halsschlagadern anschwollen.

„Ein famoser Anblick", rief Herr K., und er fügte an: „Heute wird das Volk mit allerlei anderen Freizeitangeboten bedacht, über viele Jahrhunderte hinweg waren es öffentliche Hinrichtungen, an denen sich die Bürgerschaften erfreuten. Bei uns verbietet es heute die

Menschenwürde, Verbrecher dem Henker zu übergeben. Und weil fast alle Verbrecher eine bittere Kindheit hatten und auch sonst bis dato vom Leben und von der Zeit geradezu missbraucht und gebeutelt wurden, werden sie in den Haftanstalten – die meisten verfügen über unglaubliche Freizeit- und Beschäftigungsmöglichkeiten – erst einmal ordentlich aufgepäppelt: Unterkunft mit Vollpension, kostenfrei, versteht sich. Hast du übrigens auch vor Kurzem gelesen, was Knastologen, ja selbst Kindermördern alles so angeboten wird? – Nein? Nun, dann will ich es dir sagen: Da werden Sommerfeste veranstaltet; da gibt es Sportveranstaltungen noch und nöcher, Hallenbäder mit fünf Bahnen – Baukosten bis zu sechs Millionen Euro; Billardräume und moderne Fitnessstudios; Fahrradtouren und Kletterausflüge in die Berge – teure Ausrüstungen werden gestellt, bezahlt von fleißigen Steuerzahlern; Bibliotheken mit Pornoverkauf und selbstverständlich Liebesräumen. Das kommt daher, weil die Würde des Menschen nicht angetastet werden darf. Die Würde der Opfer, die körperliche und seelische Schäden erlitten, ist die Würde nicht gar so wichtig. Diese Personen müssen jahrelang um ihr Recht, um ein paar Euro Entschädigung kämpfen. Sag selbst: Ist der Knast nicht eine fantastische Einrichtung? Die Würde des Menschen. Alles gut und in Ordnung. Ich bin mir da nicht sicher, ob mancher langjährig Verurteilte überhaupt weiß, dass er eine Würde hat."

Der beeindruckte Herr Wieseling bekam nur langsam seinen Mund wieder zu. Sie beendeten das Thema und unterhielten sich über andere Dinge, bis Herr Wieseling speziell auf seines neuen Freundes Beruf zu sprechen kam. Der Gastgeber hatte zwischenzeitlich die Flasche Korn gegen eine Flasche Wasser eingetauscht, da beide Männer übereingekommen waren, den Versöhnungstag zwar überwiegend fröhlich, aber nicht betrunken enden lassen zu wollen.

Herr K. befand sich in seinem Versicherungselement, erklärte leidenschaftlich dies und das und auch gesetzliche Grundsätze. Und er klagte darüber hinaus, welch hoher Ideenaufwand vonnöten sei, um neue Kunden zu gewinnen. Das alles schilderte er kurz und prägnant, damit sich Herr Wieseling nicht langweile und ermüde. Der war, wie bereits nach dem ersten Beratungsgespräch vor geraumer Zeit, von Herrn K.s Art und Wissen nun aufs Neue beeindruckt. Und nachdem er dies auch wohlwollend kundgetan, stieß er augenblicklich Achtung gebietend den Zeigefinger in die Luft und fügte an: „Da fällt mir übrigens ein", und er benahm sich, als wäre er auf ein Geheimnis gestoßen, „also, wir sind ja unter uns und können somit auch über Dinge reden, die Dritte nicht erfahren müssen ... nun, da fiel mir ein, dass du dein Geschäft unter Umständen durchaus erweitern könntest."

Herr K. bekam lange Ohren. Allein des Freundes Ankündigung ließ ihn die Antennen ausfahren. Denn nichts kommt einem Provisionsempfänger gelegener als verwertbare Anregungen und vor allem Empfehlungen.

„Womit ich sagen will", und Herr Wieseling blickte sich um, als wollte er sich vergewissern, dass tatsächlich niemand zuhöre, „dass du vielleicht", jetzt legte er sogar die flache Hand an seinen Mund, „die eine oder andere Versicherung in Freudenhäusern abstauben könntest."

Herr K. beugte sich über den Rand der Tischplatte vor. „Freudenhäuser ...?", wiederholte er irritiert. „Sagtest du Freudenhäuser? Meinst du den einen oder andern Puff?"

Nun trat Herr Wieseling auf wie ein Mann von Welt, der sie kennt, der weit herumgekommen war, sogar in in Hamburg – womöglich auch in Freudenhäusern? „Natürlich! Warum denn nicht!", rief er und schien von seiner Idee nicht nur begeistert, sondern auch überzeugt zu sein. Und jetzt, ganz sicher, dass sich kein Dritter im Haus befand, wiederholte er mit forscher Stimme: „Ja, warum denn nicht in Freudenhäusern!", und sprach dann weiter: „Sieh mal, heutzutage gibt es keine Tabus mehr, Respekt und Demut werden nur noch dem Tod gezollt, jedenfalls ab einem bestimmten Alter; und wo es langgeht, in Zukunft noch viel intensiver, das predigen sehr oft Nichtskönner. Also, mein lieber Freund, es war gar nicht so schwer, auf diese Idee zu kommen. Ich meine, es könnte nicht verkehrt sein, wenn du dich erkundigst, wie und wo denn eigentlich die Liebesdamen krankenversichert sind. Oder müssen sie im Falle eines Falles alles aus eigener Tasche bezahlen? Vielleicht hat sich darum noch niemand gekümmert. Dann kämest du doch gerade richtig, oder? Denk zumindest einmal darüber nach."

Nun muss die Diskussion der beiden über das Für und Wider nicht verfolgt werden. Jedenfalls kam es so, dass Herr K. nach dem Versöhnungsnachmittag bei Herrn Wieseling nicht nur einen neuen Freund gewonnen, sondern obendrein einen lukrativen, annahmefähigen Versicherungsantrag gerettet und darüber hinaus eine überdenkenswerte Empfehlung samt Adresse erhalten hatte. So kam es, dass die Sache mit den gewerblichen Liebesdienerinnen ihn von nun an nicht mehr loslassen sollte, natürlich auch nicht im Bus auf dem Nachhauseweg. Dabei dachte er – kann man's ihm verdenken? – nicht nur an Policen und Provisionen, sondern auch an das, womit sich die Damen ihr Geld verdienten. Ja, das hatte er intensiv vor seinem geistigen Auge, und er konnte froh sein, dass er in einem Omnibus nach Hause fuhr und nicht in seinem Auto, denn seine eindeutigen Vorstellungen hätten ihn zu sehr abgelenkt. Doch bald riss er sich von bestimmten Anblicken los und konzentrierte sich auf die geschäftlichen Möglichkeiten. In den besagten Liebeskreisen könne ein ~~furchtbares~~ fruchtbares Versicherungspotenzial auf ihn warten, falls nicht bereits fremde Kollegen sich dieser Sache angenommen hatten. Und er sinnierte auch darüber, ob er sich überhaupt traue, in einen Bereich vorzudringen, der ihm zwar nicht fremd, in dem er aber noch nie etwas zu tun hatte. Und er dachte dazu, wie resignierend: Wenn ich am Beginn einer Freudenstraße stehe, dann fehlt mir mit Sicherheit der Schneid. Und was würde Wilma zu alledem sagen? Vielleicht könnte ich mit ihr üben, damit ich die vermutliche Schwellenangst in den Griff bekäme. Das könnten wir so machen, dass sie wie eine Liebesdame, vielleicht im Badeanzug, sich in der Gaststube an das Fenster, dass zum Hof hinaus führt, auf einen Barhocker setzt, wie wenn sie auf Freier wartet. Ich müsste aber genau darauf achten, dass Eugen nicht in der Nähe ist. Was mich betrifft, so schlendere ich, eine gleichgültige Miene aufsetzend, vor ihrem Fenster auf und ab, bis ich ihr ein Zeichen gebe, mich eintreten zu lassen. Wilma steht dann auf und öffnet mir die Eingangstür vorn an der Straße. Das Entscheidende ist für mich die allererste Kontaktaufnahme. Bin ich erst drin im Puff – welch fürchterlicher Name –, werde ich schon klarkommen. Ja, das wird mir helfen: Ich werde mit Wilma üben. Sie wird begeistert sein.

Zu Hause nahm Frau Wilma erst einmal gehörigen Abstand von ihrem Mann, um im Bereich seiner Alkoholfahne keine organischen Schäden zu erleiden. Aber sie freute sich aufrichtig über seinen erfolgreichen Nachmittag und lobte ihn von ganzem Herzen. Das ermutigte Herrn K. dermaßen, nun des Herrn Wieselings Empfehlung und seine eigenen Absichten vorzutragen, worauf Frau Wilma, als Herr K. sie zu ermutigen versuchte, zur Stärkung seiner Selbstsicherheit übungsweise eine Liebesdame zu spielen, am besten im Bikini oder zumindest in ihrem Badeanzug, nur die kurze, aber laute Antwort parat hatte: „Dein Geisteszustand sollte tatsächlich überprüft werden!" Es lag ihr aber am Herzen, noch anzuhängen – den drohenden Unterton überhörte Herr K. nicht: „Und falls du deiner Absicht nachgehen willst und in den Bordells eingelassen wirst und an abschweifende Dinge denken solltest, dann nimm zur Kenntnis, dass ich das später unweigerlich an deiner Nasenspitze ablesen kann. Bei abtrünnigen Männern erkennt man ihre abgehechelten Lüsternheiten an der Nasenspitze, wie, das verrate ich dir nicht. Also: Meinetwegen kannst du dir neben deiner Verkaufstätigkeit Appetit holen, aber gegessen wird hier zu Hause! Und dass ich mich im Badeanzug am Fenster zeige, das schlage dir aus dem Kopf. Einen Bikini besitze ich gar nicht. Wenn ich mich mit solch einem Fummel an irgendeinem Strand bewegen würde", und sie warf in gekünsteltem Stolz den Kopf in den Nacken, „dann würden sich plötzlich sämtliche dort lagernden Kerle um mein Badetuch, auf dem ich mich sonne, versammeln. Mein Vorschlag: Zum Üben kannst du auch Eugen einspannen, man muss dazu ja nicht eine Frau und ausgezogen sein. Wenn ich da an Eugen denke ... Am besten, du veranstaltest die Übung auf Eugens Grundstück, hinten neben den Kaninchenställen. Doch vorher sollte Eugen seine Hühner einsperren, weil die sich sonst vor Vergnügen totgackerten, falls er inseiner langen, bereits stark verformten Unterhose vor sie langspazieren sollte."

13. Kapitel

Herr K. hatte zwei Tage ins Land gehen lassen und fast ständig an die von Herrn Wieseling angesprochenen Umsatzmöglichkeiten in Bordellen gedacht. Am späten Nachmittag des dritten Tages setzte er sich in sein Auto und fuhr nach Hamburg, mit Aktentasche und absonderlichen Gefühlen. Damit er sich von diesen und den quälenden Zweifeln endlich befreien und somit seine Neugierde, wie es um die Liebesdamen versicherungsmäßig bestellt sei, befriedigen konnte, hatte er sich kurzerhand von Wilma verabschiedet. Insgeheim sah sie es wohlwollend, dass er Zwiespältigkeit und Zaghaftigkeit mutig überwinden wollte. Und sollte er erfolglos zurückkehren, wovon Frau Wilma ausging, dann war das auch kein Beinbruch, höchstens ein verlorener Tag.

Nun ist es so, dass Angehörige bestimmter Berufsgruppen nur sehr schwer oder gar nicht versichert werden können. Wie es sich bei Prostituierten verhielt, wusste Herr K. nicht, und nachfragen in seiner Direktion, das wäre für ihn aus verständlichen Gründen nicht in Frage gekommen. Diese Gedanken kamen ihm während der Fahrt in den Sinn. Doch sagte er sich, dass nach den Richtlinien jede unbeschränkt geschäftsfähige natürliche und juristische Person sich versichern lassen könne – also, warum nicht auch Prostituierte? Sie sind gewiss keine Angestellten, sie sind freiberuflich tätig, und Freiberufler sind versicherbar. Hingegen müsse er sich etwas einfallen lassen hinsichtlich der Berufsbezeichnung. Vermerke er im Antrag das Wort Prostituierte, dann werde man ihn in seiner Direktion unweigerlich mit Hohn und Spott überschütten, Anträge vielleicht sogar ablehnen. Die Liebesdamen sind freiberuflich tätig in Sachen Entspannungsgymnastik oder so ähnlich. Und was die

Gesundheitsfragen angehe, so sah er das mit großer Unbedenklichkeit, da sich der größte Teil der Liebesdamen gesundheitlich sicherlich auf der Höhe befand.

Nach eindeutiger Klärung all dieser Fragen erreichte Herr K. die Nähe des Gewerbegebietes der Liebesdamen. Er parkte seinen Wagen dort, wo er es durfte. Unterdessen war die Dämmerung heraufgezogen. Als blasse Sichel stand bereits der Mond über dem Entspannungsviertel. Es war der Beginn mehr oder weniger umsatzträchtiger Aktivitäten.

Wahrscheinlich ist es doch noch nicht die richtige Zeit für mein Vorhaben, dachte Herr K.; aber wann ist denn schon die richtige Zeit? Wäre ich nur nicht so aufgeregt.

Am Anfang einer nicht sehr breiten, aber ziemlich langen Gasse verharrte er und verschaffte sich erst einmal einen Überblick. Es war nur eine von mehreren, ihm aber unbekannten Freudenstraßen. Es herrschte hier nur wenig Betrieb. Eine ungewohnte, regelrecht unangenehme Stille war um ihn. Die wenigen Männer auf den Bürgersteigen bewegten sich alle mit gleicher Geschwindigkeit, wie verabredet. Und ohne ihr Dahinschlendern zu unterbrechen, schauten sie mal in dieses, mal in jenes Fenster und gingen auch hin und wieder ein paar Schritte zurück. Hatten sie ihre Wahl getroffen, falls sie nicht nur spannen wollten, verschwanden sie gleich darauf in einem Hauseingang.

Herr K. hielt sich bei seinem Beobachten ziemlich lange auf. Es erforderte eben seine Zeit, bis er sich die Szenerie eingeprägt und versucht hatte, sich zumindest ein wenig von seinen beklemmenden, ja irgendwie ängstlichen Gefühlen zu trennen. Seine Gedanken gingen auch an die Männer vor den Schaufenstern, die intensiv die Ware Frau betrachteten. Anscheinend auch über genügend Geld verfügend, kannten sie scheinbar weder Beklemmung noch Schüchternheit, Skrupel schon gar nicht. „Vielleicht unterdrückt bei dem einen oder anderen der bisher genossene Alkohol diese Kriterien", sagte Herr K. leise zu sich selbst.

Endlich klemmte er sich seine Aktentasche fester unter den Arm und marschierte los. Er ging ein wenig schneller als die anderen an den breiten Fenstern vorbei, wie desinteressiert, da in anderer Mission. Ich hab' das, was ihr vorhabt, nicht nötig, ich bin geschäftlich hier. Das dachte er, und es trug etwas zur Beruhigung bei. Doch aus den Augenwinkeln nahm er die lebenden Mietobjekte natürlich sehr wohl wahr. Wie ein Computer registrierte sein Gehirn die hinter den Scheiben sich zur Schau stellenden Frauen: dicke, halbdicke, dünne, schlanke, spindeldürre. Nur eines hatten sie alle gemein: sie waren notdürftig bekleidet. Insgesamt gesehen war für jeden männlichen Geschmack etwas dabei. Die eine oder andere vor den Fenstern unschlüssig sich verhaltene Gestalt machte von dem vielfältigen Mietangeboten schließlich doch keinen Gebrauch und verließ die Sackgasse. Wahrscheinlich schreckten ihn am Ende die ~~Bumslöhne~~ sicherlich hohen Liebeskosten ab, es könnte ihm aber auch der Zustand seiner Unterhose und noch mehr eingefallen sein. So oder so, seine Flucht aus der Gefahrenzone war anscheinend eine kluge Entscheidung, denn es konnte vermutet werden, dass er in einer Kneipe zwei Straßenecken weiter zufrieden feststellte, entsagte Lust gegen eine Menge Bier und Korn eintauschen zu können.

Herrn K.s unschlüssiges Gemüt gewann Zeit, während er die Sackgasse durchmaß, hin und zurück. Natürlich kam für ihn nicht in Frage, sich neben einen Entspannungssuchenden zu stellen und womöglich mit ihm gleichzeitig ins Haus gelassen zu werden. Aber das war auch nicht zu befürchten, denn der Ansturm auf die lebenden Schaufensterauslagen ließ auf sich warten. Es war noch zu früh für manche noch abwesenden Männer, bei denen in irgendeiner Kneipe erst ein gewisses Quantum Alkohol restliche Hemmungen verscheuchen musste. Herrn K. kam auch kurz die Frage in den Sinn, wie viele Verheiratete sich wohl jede Nacht unter den Freiern befanden; so, wie er die augenblickliche Lage altersmäßig einschätzte, tippte er auf rund achtzig Prozent.

Jetzt nahm er sein Herz in beide Hände, sinnbildlich natürlich, stellte sich vor das nächste freie Fenster und zeigte mit dem Zeigefinger, ohne eine Auswahl getroffen zu haben, auf das erstbeste Angebot, eine kleine, schlanke Person. In den Augen der ihn empfangenen mageren Dame lag ein erwartungsvoller

Euroglanz, den Herr K. in seinem zittrigen Zustand natürlich nicht wahrnahm. Sofort nach dem Zuschlagen der Haustür stieg Herr K. hinter der Dame eine hölzerne, knarrende Treppe hinauf und wurde in der ersten Etage in ein Zimmer geschoben, dessen karge Einrichtung in ein dubios rosarotes Licht getaucht war. Das Fenster war lichtundurchlässig zugehängt wie eine Luftschutzmaßnahme im letzten Krieg. Herrn K. grauste es, er kam sich gefangen vor, und er zog unwillkürlich den Kopf ein, wie ein eingefangener Hahn, der seinem nahen Tod auf dem Hackeklotz entgegensieht.

Stocksteif und unschlüssig stand er im Raum, währenddessen seine Gastgeberin die leise quietschende Schublade einer Kommode aufzog und dabei mit freundlicher Stimme sagte:

„Zieh dich aus und mach es dir auf der Couch bequem. Bei mir ist das ja schnell gemacht", und sie lachte auf. Worte und Lachen, bei jedem Freier sicherlich gleichermaßen sich wiederholend. „Soll ich uns vorher, falls du einige Stunden bei mir bleiben möchtest, noch eine große Flasche Sekt besorgen? Der Sekt ist sehr billig, heute im Angebot, nur ganze zweihundert Euro. Wir sind sozusagen ein Discount-Puff."

Nun grauste es Herrn K. dermaßen, dass er unangenehm spürte, wie sich seine seit Geburt normale Menschenhaut in eine Gänsehaut verwandelte. Einige Stunden bleiben ..., hallte es in ihm nach. Er rang nach Luft, schüttelte sich dann aber kräftig und besann sich seines sich selbst erteilten Auftrags. Ein kurzes Räuspern noch, dann antwortete er mit hoher, irritierter Stimme:

„Nein, danke, sehr freundlich von Ihnen. Alkohol ist jetzt für mich nicht angebracht. Andrerseits habe auch ich ein Angebot zu machen." Nun wollte er auf den Zweck seines Besuches kommen, doch die Dame ließ dies noch nicht zu. „Natürlich, natürlich", sagte sie, leider etwas unfreundlich, und sie ordnete vor einem Wandspiegel ihre Frisur, obwohl da gar nichts zu ordnen war. „Natürlich bist du mit einem Angebot hier, was denn sonst. Die meisten nennen das allerdings anders." Sie wandte sich ab vom Spiegel, ging einen Schritt auf ihren Gast zu, der weisungsgemäß auf der Couch Platz genommen hatte, aber immer noch angekleidet war.

„Sagte ich nicht", säuselte sie, „dass du dich ausziehen solltest? Oder wie stellst du dir die ganze Angelegenheit hier vor?"

Ja, wie stellte er sich das hier vor ... Irgendwie wollte er endlich zur Sache kommen. Er richtete sich im Oberkörper auf und brachte mit mühevoll energisch geformten Worten hervor:

„Ich sagte schon, dass ich mit einem Angebot hier sitze, mit anderen Worten: Ich selbst habe ein Anliegen und möchte ..." – Die Dame unterbrach ihn mit hellem Auflachen, und Herr K.s Oberkörper krümmte sich wieder. „So so", rief sie, „Angebot ..., ein Anliegen. Glaub mir, bis hierhin kann ich das verstehen, ich bin ja nicht von vorgestern; doch das Anliegen können wir gleich ändern", und sie baute sich vor ihm auf und stieß ihn vor die Brust, freundschaftlich, wie man es oft unter Freunden tut. Herr K. konnte dem wirklich leicht geführten Stoß, auf den er aber nicht gefasst war, keinen Widerstand entgegensetzen. Die Beine schreckhaft angezogen, rollte er auf den Rücken, und sofort war die Frau über ihn. „Also nun mal los!", zischte sie. „Oder meinst du, ich habe meine Zeit gestohlen? Wenn du dir schon nicht die Zeit auf eine Flasche, meinetwegen auch nur auf ein Glas Sekt mit mir nehmen willst, dann komm umgehend in die Gänge!"

„Ja", entgegnete Herr K. kleinlaut und atmete wieder einmal schwer, „ja, so rennen wir alle unserer Zeit nach, jeder will sie stehlen. Bitte, ich möchte mich, wenn Sie gestatten, mal eben wieder aufrichten, Frau ... Frau ..."

Sie ließ ab von Herrn K. und sprang auf die Füße. „Ich heiße Klara", sagte sie kühl.

Herr K. streckte ihr die Hand entgegen, die sie allerdings ignorierte, dafür antwortete er umso höflicher:

„Sehr angenehm. Und ich heiße Konrad, Konrad K. Ich freue mich, Ihre Bekanntschaft zu machen."

„Da hört sich ja alles auf!" Klara benahm sich äußerst aufgebracht. „Ich erwarte hier ein anständiges Geschäft, und der da macht einen auf Höflichkeit. Ich fasse es nicht! Entweder du fängst jetzt sofort an und ziehst dich aus oder wir gehen wieder hinunter."

„Aber natürlich fange ich sofort an, das wollte ich doch schon die ganze Zeit, liebe Frau ... Frau ..."

„Ich stellte mich bereits vor", sie schrie fast, „ich bin

KLARA, KLA – RA wie klar, klar wie Kloßbrühe, mit einem kleinen a hinter klar! Ist das klar? Klara ist mein Name."

„Entschuldigen Sie bitte", sagte Herr K. kleinlaut, sichtlich eingeschüchtert, „dann können Sie selbstverständlich auch Konrad zu mir sagen", und er dachte gleichzeitig daran, so schnell wie möglich das Weite suchen zu wollen. Klara seufzte tief und überlegte kurz, ob die Zeit gekommen sei, nach dem Hausmeister zu klingeln. Doch wurde sie umgehend neugierig, denn Herr K. öffnete flink seine Aktentasche und zog sein Tarifbuch, Größe DIN A 4, hervor und sagte dabei mit uns schon bekannter heller Stimme: „Nun, liebe Klara, will ich mich auch bemühen. Sie können ... du kannst unter verschiedenen Tarifen wählen. Überlege mal kurz und sage mir dann, ob du eine Vorstellung hast."

Herr K. war ziemlich durcheinander, seine Nerven flatterten, und er benahm sich wie jemand, der noch nie etwas von den Gepflogenheiten des Verkaufens gehört und gesehen hatte. Zudem schwächte ihn ein plötzlich sich aufdrängendes Angstgefühl: Furcht vor heimlicher Beobachtung durch einen Zuhälter, einem Bodybuilder, der durch ein irgendwo verdecktes Loch in der Wand spähte.

Klara ließ sich auf den einzigen Stuhl im Zimmer fallen und jammerte:

„Vorstellung. Ich habe die Vorstellung, allmählich verrückt zu werden. Zwei Verrückte in einem kleinen Raum! Tarife, sagt der Mensch dort auf meinem Sofa. Tarife!" Dann stand sie auf und versetzte mit deutlichen Worten: „Die Tarife machen WIR, WIR, die Institution PUFF!"

„Leider ist das nicht möglich", sagte Herr K. leise belehrend. „Weißt du, das Bundesaufsichtsamt ..."

„Ein Bundesbesichtigungsamt ist für uns nicht zuständig", fiel sie ihm ins Wort, „überhaupt nicht maßgebend. Außerdem, was mich betrifft, so bin ich sehr preiswert, da brauche ich keine Tarife." – „Aber Klara", beschwor sie Herr K., allmählich wieder selbstbewusst werdend, „jede Leistungsart hat eine bestimmte, eine festgelegte Tarifbezeichnung, die ein jeder ..." – „Selbstverständlich hat jede Leistung ihren Preis. Aber deshalb muss ich doch nicht mit Tarifen arbeiten!" – „Du nicht, liebe Klara, aber ich!" – „Sag mal, bist du übergeschnappt, bist du tatsächlich verrückt geworden, hier in meinem Zimmer, wo stets eitel Freude herrscht? Nun, meinetwegen. Welchen Tarif wünscht der Herr? Nach welcher Vorschrift wollen wir es machen? Und woher hast du eigentlich dieses komische Tarifheft, was?"

Herr K. atmete auf. Jetzt schien er fast durch zu sein. „Das habe ich von meiner Direktion. Na endlich kommen wir uns näher", rief er wie befreit von Luftnot. „Nur wünsche *ich* keinen Tarif, sondern *du* sollst ihn dir auswählen ... Nun braus nicht gleich wieder auf! Nimm Platz und gib mir noch ein paar Atemzüge, danach kannst du dich entscheiden."

Herr K. schlug sein Tarifheft auf, und Klara flüsterte vor sich hin, so leise, dass Herr K. sie nicht verstand: „Der scheint gefährlich zu sein; der ist nicht nur verrückt, sondern vielleicht auch hochgradig abartig, strafbar abartig."

Herr K. benötigte nur wenige Sekunden, dann sagte er, anscheinend hocherfreut, wenngleich seit Anbegin in diesem Haus mit keiner Silbe die Hilfen seiner Ausbildung und seines Verkaufstrainings berücksichtigend:

„Aha, da haben wir's schon. Ich biete dir für den ambulanten wie im stationären und Zahnarzt-Bereich, und damit möchte ich dir deine Entscheidung erleichtern, die Tarife mit den einfachen Bezeichnungen ..."

Völlig überrascht hatte Klara die letzten beiden Minuten dagesessen und aufmerksam zugehört. Dann stand sie auf, seufzte zum wiederholten Male, setzte sich neben Herrn K. auf die Couch und sagte in strengem Ton:

„Ich sollte dir links und rechts ein paar runterhauen. Warum hast du nicht gleich gesagt, dass du nicht meinetwegen gekommen bist?"

„Aber natürlich bin ich deinetwegen hier, ich konnte mich vor Aufregung nur nicht richtig fangen."

„Und nun, mein lieber Konrad, möchtest du *mich* fangen, nicht wahr?"

„Ja, nein, ja, das möchte ich ... ja, ich meine, ich wollte die Frage stellen, ob ..." Und abermals unterbrach sie ihn: „Schon gut, schon gut ... und ich meine, leg deine Schüchternheit ab. Wir hier befinden uns moralisch wie seelisch auch nicht in der besten Lage, fressen aber auch keinen. Doch weil du schon mal hier bist und ich mühevoll hinter deine Schliche gekommen bin", jetzt lächelte sie sogar, „da können wir es so halten, dass ..."

Kurz gesagt, Klara machte Herrn K. das Angebot, am übernächsten Tag sich zwecks Terminabsprache telefonisch zu melden, erst am übernächsten Tag, weil sie zuerst ihre Kolleginnen von seiner Absicht in Kenntnis setzen wollte; denn die wären an ein Gespräch mit Herrn K. mit Sicherheit auch interessiert. Sie selbst und sicherlich auch einige Kolleginnen seien nicht krankenversichert.

Und so kam es glücklicherweise, dass Herr K. nach und nach eine ganze Schwadron Liebesdamen krankenversicherte. Was die Berufsbezeichnung anging, so wurde die Sache von der Generaldirektion, die auch nicht mit einem erhöhten Kostenrisiko rechnete, bestens geregelt. Frau Wilma, das darf keineswegs vergessen werden, unterstützte ihren Mann, wenn er wieder einmal in die Freudengassen und -straßen gerufen wurde; und sie war's zufrieden, wenn er danach zu Hause mit gesegnetem Appetit seine Mahlzeit einnahm. Und es ist auch noch zu berichten, dass zu Beginn des Sommers eine beträchtliche Anzahl von Liebesdamen, die meisten von ihnen Herrn K.s Kundinnen, einen so genannten Betriebsausflug in Wilmas Gasthaus enden ließen. Dort wartete ein von Frau Wilma und ihrem Mann hergerichtetes Buffet mit deftigen Sachen auf sie. Ein anschließendes gemütliches Beisammensein rundete den Abend ab.

Sonderbar war nur, dass der Besuch der Damen vorher irgendwie im Dorfe bekannt geworden war. Es handele sich, so hieß es, um Landessiegerinnen eines Schönheitswettbewerbes mit Betreuerinnen auf der Durchreise nach Rostock-Warnemünde, wo sie im Hotel Neptun an der Wahl zur Miss Deutschland teilnehmen wollten. So standen bei Eintreffen des Busses die Dorfbewohner in Viererreihe Spalier, samt den Mitgliedern des Stammtisches. Der Gesangverein hatte sich aufgestellt und empfing die Busladung mit der lieblichen Weise: ~~Horch~~ Sieh, was kommt von draußen rein ...usw. Ja, und wer hatte sich ebenfalls eingefunden und stand nun, von Frau Wilma und ihrem Konrad in die Mitte genommen? – Hubertus Wieseling, in Jägeruniform, den Drilling in präsentierendem Griff. Und als der Chor geendet und der Beifall verrauscht war, legte er das Gewehr an und schoss mit Platzpatronen Salut – drei Mal. Und nachdem sich der Vorplatz fast geleert hatte, und im Gasthaus kein Stuhl mehr frei war, traf mit großem Gefolge, verteilt auf sechs Limousinen, vorweg und hinterher acht Polizeimotorräder, der schleswig-holsteinische Ministerpräsident, der von dem Damen-Transport Wind bekommen hatte, ein. Da das Haus voll besetzt war, versammelte der Herr Ministerpräsident seine gesamte

Begleitung im Halbkreis um sich und hielt vor ihr die Rede, die er aus gegebenem Anlass in der Gaststätte halten wollte. Danach setzte er sich in den heute vom Blumenschmuck befreiten Handwagen, der bekanntlich ständig auf dem Vorplatz von Wilmas Gasthaus stand, trank fünf Glas Bier und ließ sich dann zurück nach Kiel fahren. Es ist im Übrigen nie bekannt geworden, wer den Herrn Ministerpräsidenten von dem Besuchsereignis im Dorf informiert hatte. Es konnte nur vermutet werden, dass jemand aus Herrn K.s Freundeskreis die BILD-Zeitung und diese wiederum das Büro des Ministerpräsidenten in Kenntnis gesetzt hatte. Doch da niemand sich hatte vorstellen können, ein Mitglied der ehemaligen Dichtergruppe könne infrage kommen – auch nicht der Herr Pastor und Frau Wilma –, so blieb nur noch Herr Konrad K. übrig. Natürlich wissen wir als absolute Insider, dass Herr K. tatsächlich der Informant war, der dadurch einen hervorragenden Werbeerfolg erreichte: für sich als Vertreter, für Frau Wilma, für das ganze Dorf, für den ganzen Norden.

So waren an dem denkwürdigen Nachmittag zwei BILD-Reporter erschienen, deren Bericht und zwei Fotos schon am nächsten Tag in ihrer Zeitung veröffentlicht wurden. Ein Foto zeigte den Herrn Ministerpräsidenten, mit vergnügter Miene im Handwagen sitzend, in der Hand ein Glas Bier. An seiner Seite sah man Kortes Jagdhund, der grinsend den Augenblick wahrgenommen hatte, sich einmal fotografieren zu lassen. Natürlich fehlten auch Herr K., Wilma und viele Freundinnen und Freunde nicht auf dem Foto, sie hatten sich derart zurechtgestellt, dass der Herr Ministerpräsident nicht verdeckt wurde.

Nun, liebe Leserinnen und Leser, soll es erst einmal gewesen sein von dem aufrechten Herrn Konrad K., seiner resoluten und fürsorglichen Ehefrau Wilma, seinen zufriedenen Kunden, zahlreichen Freunden im Dorf und Freundinnen in der speziellen Freudenzone auf St. Pauli. Und sollte uns zukünftig Erwähnenswertes, Neues, Ausgefallenes über Herrn K. und anderen Zeitgenossen zu Ohren kommen, dann möchten wir es Ihnen nicht verheimlichen. Nein, nicht aus purer Neugier sind wir hinter diesen Leuten her; nicht, um Schadenfreude auszulösen, wenn gelegentlich das eine oder andere nicht so läuft wie gewünscht, nein, nur aus dem einfachen Grund, alle für uns interessante Menschen unaufdringlich und still zu begleiten und ihnen mit all ihren Vorzügen und Schwächen, für alle ihre Aktivitäten die Daumen zu drücken. Damit wir uns geografisch nicht verzetteln, wollen wir für unsere weiteren Geschichten den Menschen in dem bereits bekannten Lebensraum auflauern, ihnen nachstellen, Interessantes erfahren und zu Papier bringen. Ehrenrührige Dinge oder Diffamierungen werden in keiner Weise eingeplant, auch wenn sie manchmal den Anschein erwecken werden.

Auf Ehre und Gewissen: Dass unser Freund, Herr Konrad K. mit Nachnamen *Kräuselhirn* heißt – und natürlich auch seine Gattin Wilma trägt diesen schönen Nachnamen – werden wir selbstverständlich nach wie vor geheim halten.

Und was ist mit dem Weltuntergang ab 2012 aufwärts, wenn er denn eintreffen sollte? – Keine Angst! Schließlich glauben wir doch alle – fast alle –, und falls der liebe Gott eine neue Welt geschaffen hat, an eine Wiedergeburt in seinem Sinne. Dafür ein kräftiges:

„HURRAAAA! und nochmals HURRAAAA!"

„Is' was …?"

Wolfgang H.O. Fabian

Mallorca HASSO

Karriere und Wesensart
des ehemaligen berüchtigten Schmugglerbosses

Hasso Schützendorf (1924 – 2003) hätte als ausgebildeter Meistersänger (Bariton) berühmt werden können wie seine vier Onkel. Er aber zog es vor, sich nach Kriegsende – zuvor zum Tode verurteilter Fahnenflüchtiger an der Ostfront – als berüchtigter Schmuggler-Boss und späterer Multimillionär einen Namen zu machen. Hauptsächlich die deutschen Medien kürten ihn, den größten Autovermieter der Balearen (bis 4000 Mietwagen), zum König von Mallorca. Doch sein fragwürdiges Wesen, sein Ruf auf Mallorca allgemein, bei den Frauen speziell sowie vor allem im Bereich seines Imperiums waren alles andere als königlich.

Mallorca Magazin:
Hasso Schützendorf war einer der
schillerndsten
und exzentrischsten
Persönlichkeiten, die je auf Mallorca lebten.

ISBN   9783739222738   458 Seiten,
Biografie in zwei Teilen   gebunden 24,50 €
42 Abbildungen

Verlag Books on Demand GmbH, Norderstedt

Wolfgang H.O. Fabian

Des Marders Vermächtnis
Roman

Ein ichbezogener Familienvater auf dem Weg zum Gipfel seiner beruflichen Karriere entledigt sich nach einem lächerlich zu bewertenden Verhalten seiner Frau plötzlich aller Vernunft. Doch welch eine Rolle spielt ausgerechnet ein Marder? Was hat es mit dessen zugesprochenem Vermächtnis auf sich?

... Die lebhafte Diskussion nach der Lesung Fabians aus seinem Roman-Manuskript im Künstlerhaus in Hannover ließ erkennen, dass er etwas in Bewegung gesetzt hat.

Hannoversche Allgemeine Zeitung

... Wolfgang Fabian thematisiert Bewusstseinsstufen verschiedener Individuen und beschreibt die Lebenswirklichkeit und Entwürfe menschlichen Seins. Er versteht es, einfühlsam und kritisch menschliches Erleben zu reflektieren.

Cellesche Zeitung und Celler Kurier

... Der Inhalt der Geschichte ist weniger der Grund, das Buch nicht aus der Hand zu legen, sondern die Atmosphäre. Wer sich dem Sog der Handlung ergibt, wird ein interessantes Stück Literatur erfahren.

Segeberger Zeitung

ISBN 9783743175969, 488 Seiten; gebunden 24,80 €

Verlag Books on Demand GmbH, Norderstedt